Patrick-Pierre Dhombres

Les disparus de l'Aube-Morte

Roman

Éditions de la Fenestrelle

Du même auteur

L'escalier, (en coll.) Imprimerie Bené, Nîmes, 1967

Nid-Pérennité, Imprimerie Bené, Nîmes, 1969

Hertziennes, Éditions Pierre-Jean Oswald - 1973

Le temps constant, précédé de ***Demeure perlière***, Éditions Henri Pinson, 1991

Les pas, Éditions Écrivain-Avenir - 2008

Karukera, Éditions Écrivain-Avenir – 2009

L'ombre des étoiles, Éditions de la Fenestrelle - 2015

À Jean-Paul Ètienne,
prosateur exigeant,
pour ses conseils amicaux
et ses encouragements.

Chapitre I

« Ah non ! C'est pas vrai ça ! » s'écria Delfieu en découvrant la tombe. Une tombe qu'il ne connaissait pas, n'avait jamais vue. Une tombe venue de l'au-delà ! La veille, Gaston Fontane l'avait chargé de débroussailler le vieux cimetière. On était en mai, les mauvaises herbes, tendres encore, se rattrapaient d'un rude hiver.

« Une forêt vierge ! Une honte pour le village ! Nos morts, les pauvres, sont peut-être bien morts, mais faut quand même s'en occuper ! » Ainsi en avait décidé le maire. Actif, le Gaston, et consciencieux. Toujours bel homme pour ses soixante ans, les cheveux bouclés grisonnants, belle prestance d'ancien marin, bon pied bon œil. C'était son premier mandat. Il prenait à cœur de n'oublier personne, même ceux qui ne pouvaient plus voter. « Ce n'est pas parce qu'on est défunté qu'on n'a aucun droit ! »

Et Delfieu, se souvenant des préceptes moraux qu'on lui serinait *péquélet** s'en était immédiatement allé constater les travaux à faire, en bon employé communal respectueux des directives. « Ne jamais remettre au lendemain ! » Qui donc, mieux que lui, Arthur Delfieu, fils d'Antonin, petit fils de Marcel, pouvait prétendre connaître le cimetière communal comme sa poche ? Un bonhomme court sur pattes et bedon replet, aux années de défriche, mais la main toujours solide, surtout quand elle tenait un godet de *clinton***. Il était « le » cantonnier municipal et, selon les nécessités, « le » fossoyeur. Cantonnier de père en fils depuis trois générations, fossoyeur en prime. Mais voilà belle lurette qu'il n'avait mis ni pieds ni pioche dans l'antique enclos. Faut dire qu'en pays huguenot on préfère se faire enterrer chez

* - Péquélet : petit.
** - Clinton : cépage et vin du pays.

soi, en quelques *bancels** où les ancêtres semblent vous attendre, plutôt qu'au carré municipal. Tradition héritée des persécutions contre les protestants aux XVIIe et XVIIIe siècles. La très sainte Église romaine leur refusait au nom de Sa Majesté très chrétienne l'inhumation dans la communauté. Un voyageur attentif distinguera dans le moutonnement des prés, çà et là, quelques tumulus crénelés d'iris marqués de deux pierres – l'une pour la tête, l'autre aux pieds – ou enceints de minuscules clôtures. Étoilement discret qui se confond avec le paysage, en totale opposition avec la concentration funéraire et son décorum. « Vaut mieux un grand chez soi qu'un étroit chez les autres ! »

Cela faisait bien cinq ans que plus personne n'avait daigné réserver son lopin dans l'aire communale. Quant aux papistes – une minorité – leur arpent de repos éternel tout autant à l'abandon par manque de paroissiens, se situait à côté de l'ancienne église, un peu à l'écart du village. Ségrégation ? Non ! Vieille appartenance à une communauté.

Les Cévennes, pour les non-autochtones c'est le Massif Central et déjà le Midi. L'accent ! Alors que pour ceux du Sud, Valence c'est déjà le Nord ! Quant aux Parigots, dès qu'on prononce les e muets on ne peut être que de Marseille. Depuis la croisade des Albigeois, notre bonne France reste coupée en deux. Mais les Cévennes, c'est encore autre chose... Un continent ! Une histoire, des traditions, l'odeur de la durée. Des hameaux bâtis aux seuls endroits où adrets et combes l'avaient permis. Une galaxie de lieux-dits qui s'éparpillent au grand dam des plans locaux d'urbanisation et autres zonages intempestifs. Lacis rural de moyenne montagne où chacun connaît son environnement, se sait solidaire du voisin, mais se veut riche de son autonomie – la plupart du temps son unique richesse. Mais les Cévennes, ce fut aussi une fêlure.

Un peu d'Histoire n'ayant jamais fait de mal, surtout de nos jours, quand l'ignorance de la chronologie, qui n'est plus enseignée, fait qu'un Français sur trois voit en Charlemagne le

---

* - Bancel : traversier.

grand-père de Napoléon et en Marie-Antoinette la petite sœur de Jeanne d'Arc, ne nous en privons pas.

Louis XIV, autrement dit le Roi-Soleil, oint de sa sainte ampoule, croyait éclairer le monde. Sa Majesté ne pouvait accepter qu'on professât d'autres fois que la sienne. Les dragons royaux firent royalement la chasse aux huguenots et ces derniers répondirent par la révolte des « porteurs de chemise ». Ce fut la guerre dite des « camisards ». Après que l'on eut bien fumé les uns comme des jambons au *cremah** du foyer et fourré leurs dulcinées de poudre à fusil qu'on allume pour voir ce que ça fait ; après avoir amplement dévasté les églises des autres avant d'étriper le curé ; après que tout eut été incendié, qu'il ne resta plus un mas debout, voilà que la paix daigna faire grâce de sa sollicitude.

Demeura quelque rancœur. Longtemps, les héritiers des deux camps se firent la gueule puis s'ignorèrent. Le temple d'un côté, l'église à l'opposé. Heureusement, humanité et civilisation obligent, mais surtout brassage des populations et mort des vieux santons, voilà qu'on assiste aujourd'hui – merveille ! – à des offices œcuméniques où se réunissent benoîtement catholiques et protestants. Le paroissien se faisant rare, faut bien faire des économies d'échelle.

Saint Germain-la-Clède, petit village de trois cents âmes – sans compter chiens, chats, moutons et quelques chèvres – dans le canton de Saint Jean-en-Vallat, avait amplement participé à cette histoire. Planté sur le massif de l'Aube morte, près de la Croix des vents, son centre – outre l'école désaffectée, le bureau de poste désaffecté, l'ancien bistrot désaffecté, la mairie et l'imposant temple presque désaffecté – hébergeait une quinzaine d'habitations. Le reste se composait de hameaux aux appellations joliment traversières : « Clède Neuve, Clède Vieille, Font-Dhombres, Naïsadou, les Castagnades, l'Aube Morte... ».

L'exode rural avait sévi durant trois décades, ponctionné les âmes au bénéfice de l'urbanisation, jusqu'à ce qu'on s'aperçoive – crise du logement et crise économique – que la ville c'était plus ça, qu'un chant du coq c'est agréable, comme la faculté de

---

* - Cremah : crémaillère.

guillerettement pisser dans son jardin. Si Belges et Néerlandais venaient toujours passer les vacances dans leurs immenses mas réhabilités en résidences secondaires, ils n'étaient plus seuls. De jeunes couples faisaient construire, occupaient les terrains disponibles à des prix inférieurs à ceux de la banlieue. Avec en plus l'espace, le bon air, la possibilité de lâchers orgasmiques ou de scènes de ménage sans nullement déranger les voisins.

L'espérance du regain.

Pour autant, la place dormait encore dans son âge. L'absence de bistrot et de lieu de rencontre réduisait la convivialité à quelques dates dans l'année. Quatorze Juillet, kermesse, vide-grenier pour la paroisse, fête de la châtaigne. Là, anciens et nouveaux partagent apéros, saucisses frites et cuissots de sanglier, tout en s'épiant. Intellos, bobos du coin, chasseurs invétérés, invétérés poivrots, politisés contestataires, écolos, Cévenols militants, madame et monsieur bien-pensants, assidus paroissiens, *espines**, pipelettes, et vieilles filles. Le reste du temps, faut l'avouer, d'aucuns trouvent le temps long. La place vide demeure vide, alors souvent, place aux commérages !

L'équipe municipale faisait ce qu'elle pouvait pour revitaliser le village, avec une palanquée de projets dans ses cartons. Un Café de Pays-Multiservice, qui ferait épicerie, point poste, bar-tabac, dépôt de pain ; éviterait de descendre au diable vauvert pour acheter une baguette ou un timbre. Les vieux y taperaient le carton, les jeunes resteraient le soir tout en étant surveillés. En week-end, un relais vert pour randonneurs et cyclistes de tous poils.

Mais manquaient les subventions. La population désertait le village pour le travail et les lumières de la ville, ses commerces, hypermarchés et caddies mirifiques. Et, entre deux sorties, chacun restait chez soi à cultiver son jardin... hormis le syndicat de chasseurs dès l'ouverture de la chasse.

Ainsi donc, les défunts dédaignaient le vieux cimetière communal sous le temple, en bas de la *calade***. La dernière à y

---

* - Espine : épine, se dit d'une commère qui espionne ou avec un mauvais fond.
** - Calade : sentier, chemin à forte pente.

avoir été enterrée c'était Yvonne Peladan, une ancienne qui, jadis, avait quitté les Cévennes pour la région parisienne. Elle y avait longtemps tenu une épicerie avec son Jules, qui se prénommait d'ailleurs Jules, rencontré durant le Front populaire un soir de tombola, et ils avaient égrainé leur petit bonheur jusqu'à ce que la mort les sépare. Elle était retournée à Saint Germain tenir l'unique Café-Tabac du pays. Sans enfants, ne possédant pas de terres, les cendres de Jules sous les brumes franciliennes, lorsque son tour arriva, on l'ensevelit à côté du Léon, une mémoire du village resté vieux garçon. Peut-être pensait-on que là-haut nos deux esseulés pourraient faire leurs affaires ? Et depuis, désertion, silence, oubli.

C'était pourtant un joli petit cimetière de campagne. Avec ces quelques tombes mal alignées ; certaines entourées par des grilles qui les faisaient ressembler à des lits d'enfant, d'autres soulignées d'un étroit édredon de terre, d'une stèle brinquebalante, ou même, émergeant d'un léger tertre, quelques gros cailloux nimbés par une lumière rasante. Un vieux jardin. Delfieu pouvait compter les tombes les yeux fermés, donner un nom à chacune, désigner une famille. Il savait, des plus anciennes aux plus récentes, se souvenait des enterrements d'antan.

« Tiens, celle du René... Un sacré chasseur et puis pas le dernier à lever le coude ! Craignait pas la cirrhose, mais elle a quand même eu le dernier mot. Quand il jouait aux quilles, le 14 juillet, lui fallait des boules à la dimension de ses pattasses qu'il avait aussi larges que des battoirs. Et là... cette *espine* de Louise, une vraie langue de vipère. À espérer qu'elle respecte le repos éternel du voisinage. Manquerait qu'elle ne leur fiche la paix à Mauricette et au Félix ! » Il y avait aussi le carré à Léontine. Il était tout gamin quand elle avait avalé son bulletin de naissance, mais elle traînait une telle réputation de jambes en l'air, la belle, que sa légende avait survécu au siècle dernier. Et les croix qui se dressaient autour, sûr qu'elles ne pointaient pas seulement pour le ciel !

Bon, il avait eu raison, monsieur le maire, de lui dire de nettoyer tout ça. Le cimetière était assailli de broussailles qui poussaient vaille que vaille, de ronces se faisant des couronnes de laurier, d'ombelles, de pissenlits, d'orties, de petit houx, de *rabissagnes**, d'herbacées qui fêtaient la venue de la saison ardente. Du boulot en perspective !

La veille, Arthur n'avait donc rien constaté de bizarre, surtout pas une nouvelle tombe... une tombe au fond du cimetière surgie dans la nuit ! « Mais qu'est-ce que ça peut bien foutre là ? » C'était vraiment une tombe, bien vivante, proprette, guillerette, avec tout ce qu'il fallait, un monticule de terre fraîchement retournée – aubaine pour tous les greffiers du quartier – une couronne de fleurs artificielles aux couleurs pimpantes de Noël, comme pour narguer, pas de croix, mais une stèle en pierre de récupération vierge de toute inscription. Aucun nom, nulle indication. Une tombe fantôme pour un anonyme. « Ça alors ! » Arthur n'en revenait pas, n'était pas près d'en revenir ! Tempête sous un crâne. Il avait beau réfléchir, reréfléchir, de mémoire de cantonnier, qui plus est, de Delfieu, jamais – ô grand jamais ! – il n'y avait eu de tombe à cet endroit. Ou alors, c'était il y a si, si, si longtemps, qu'il y avait prescription !

Fallait vite le rapporter au maire. Lui aussi n'en reviendrait pas, même si un édile se devait d'avoir toujours une explication. Et voilà notre Delfieu laisser en plan serpe, binette, râteau, battre le record de montée de la calade, courir à la mairie...

– Que me chantes-tu là ? T'as encore forcé sur le Ricard ! Tu commences dès le matin maintenant ?

– Gaston, faut me croire, je te dis qu'il y a une tombe de plus dans le cimetière, une tombe clandestine !

– Mais qu'est-ce que tu vas encore chercher pour ne rien foutre ! Faut te secouer mon gars, les mauvaises herbes ne s'arracheront pas toutes seules !

– Écoute, viens voir si je mens !

– Pas de temps à perdre, j'ai des responsabilités, moi !

– Tu dois m'accompagner, t'es le maire ! Il te faut constater. Tu verras la chose.

---

* - Rabissagne : mauvaise herbe parasite.

L'Arthur lui collant comme une tique, Fontane comprit qu'il n'aurait de paix, pour assurer tâches et missions de sa magistrature, qu'après avoir satisfait à la requête de son subordonné, non moins concitoyen et non moins électeur. Et les deux compères de partir vérifier l'improbable, sous le regard ébaubi de Francine, la secrétaire de mairie, qui se faisait fort de courir d'urgence le claironner partout.

« Tu vois bien que je te raconte pas de conneries ! »

L'autre, la mâchoire béate, ne pouvait que constater le truc irréel, impensable, mais aussi évident qu'un nez au milieu de la figure.

– Et puis, c'est quoi çà ? Sinon de la concurrence déloyale ! Creuser des fosses en douce, sans qu'on fasse appel à moi ! Dis, eh, dis ! suis toujours le fossoyeur du village, dis ? T'aurais quand même pas autorisé à d'autres ?

– Mais tais-toi donc ! Pfeuu ! Ça va en faire du bruit ! Tout le monde va rappliquer et les journalistes, se radiner plus nombreux que les doryphores. *Bélèou** faudra créer un syndicat d'initiative !

* - Bélèou : peut-être.

Chapitre II

Une gendarmerie est un lieu où l'on s'affaire lentement, sens du devoir et sérénité obligent. Une onction de respectabilité républicaine, de mesure, de « quant-à-soi », baigne habituellement ces havres d'autorité, sous la profession de foi des nombreuses affiches qui engagent à s'engager. Mais ces jours-ci, on ne pouvait pas vraiment qualifier ainsi celle de Saint-Jean. Ça s'excitait, bourdonnait dans tous les sens. C'est qu'on en était depuis l'hiver à la troisième disparition signalée dans le canton. De vieux garçons indécrottables, soixante-dix ans la moyenne. Des zigues qui ne rivalisaient certes pas avec Léonard de Vinci, question comprenette, mais comptaient tout de même dans le paysage ; des caractères dont on se racontait les frasques cent lieues à la ronde.

En janvier, il y avait eu d'abord Louis Rochon à La Verdière, 73 ans. Ancien mineur qui ne faisait jamais parler de lui, sauf les soirs où il avait pris une bonne cuite. Là, il lui arrivait de sortir à poil en hurlant à la lune. Voulait « aspirer les étoiles » qui lui avaient manqué toutes ces années passées au fond. Et à poil, pour mieux respirer, « faire entrer la nuit par tous les pores ». C'est à peu près ce qu'il baragouinait aux voisins alertés qui rappliquaient. Mieux respirer, sans doute, à cause de la silicose qui lui colmatait un tantinet les bronches. Les gendarmes avaient sondé son puits, vérifié le moindre carré de sous-bois, exploré la bicoque de la cave au grenier, l'appentis où il rangeait ses stères et, jusqu'aux clapiers ! L'homme avait bel et bien disparu.

Le mois suivant, plus de nouvelles de Gilbert Lauzier de L'Estréchure. Comme l'autre, évaporé de ce qui lui servait de mas, une masure pratiquement en ruines. Faut dire que le Gilbert, il ne roulait pas sur l'or. 70 automnes et retraité de rien du tout. Il avait passé sa vie à subsister d'expédients, braconnant ça et là ou rempaillant les chaises et, lorsqu'il ne pouvait faire autrement, proposant ses services pour de petits travaux agricoles aux quelques exploitants du coin. Il n'était pas manchot, mais particulièrement handicapé d'un poil dans la main arrosé au Ricard. Jamais d'eau dans son pastis et jamais d'eau tout court. Promettait régulièrement de se laver les dents « le jour où les coqs feraient des caries ! ». Hormis de vieux « Paris Hollywood » avec quelques pin-up défraîchies, un pucier aux draps déchiquetés constellé de tâches douteuses, deux chaises à rempailler, une armoire dépourvue de vantaux, une table bancale et un amoncellement de cadavres de bouteilles, nul cadavre, et pas de Gilbert.

Et début avril, ce fut le tour de Martin Pélous de Peyroles, 72 ans ! Grand veneur devant l'éternel. Une hure de sanglier trônait dans sa salle de séjour. Le garde-manger rempli, une dame-jeanne de picrate à peine entamée, un numéro du « Chasseur français » ouvert sur la table, une paire de bottes crottées dans le vestibule. Or, il n'avait pas plu depuis une quinzaine de jours. C'est ainsi que Léonie Pasquier avait découvert la maison vide, la porte d'entrée grande ouverte. Elle venait apporter des médicaments, comme tous les mois. Martin Pelous souffrait de diabète. Elle avait appelé, fait le tour de la demeure, hélé, constaté la disparition de Bobine, le chien. On n'était pas en période de chasse ou de champignons. Étonnée de l'absence du vieux, alors que ce n'était pas dans son habitude les fois où il devait recevoir son colis d'insuline.

Le brigadier Mazel se grattait la barbe qu'il n'avait pas. Dans la gendarmerie on n'est pas chez les sapeurs. Un gendarme se doit d'être imberbe, lisse comme sa conscience, hormis, parfois, la virile petite moustache. Ces disparitions répétées d'anciens – ils ne concourraient pas pour le prix Nobel, mais ne faisaient aucun mal – l'obsédaient. Chargé des recherches, le brigadier-chef Mazel. Grand, plus sec qu'un tronc de sureau, les cheveux noir corbeau en brosse, droit dans sa vareuse. Il en imposait, avec son visage coupé à la serpe, le gendarme. Ordre et sens du devoir ! Mais le Parquet d'Alès n'arrêtait pas de bigophoner, de demander où en était l'enquête. Ainsi toujours, le Parquet, à jouer la mouche du coche, à se démener pour qu'on ne l'oublie pas. L'œil vigilant et tutélaire du Garde des Sceaux. Faut dire que ça commençait à jaser dans le coin. Le « Midi-Libéré » titrait « Disparitions en Cévennes »... Un journaliste à la petite semaine, qui se prenait pour une plume, avait cru intelligent d'en rajouter en faisant semblant de s'interroger : « Les Cévennes deviendraient-elles le nouveau triangle des Bermudes ? » Rien de mieux pour foutre le traczi* à la population. Dans ces lieux reculés, la mémoire collective conservait le fantasme ancestral de la bête, celle du Gévaudan, dont le mystère n'avait jamais vraiment été élucidé. Plus de trois cents ans que ça hantait les consciences, et quelques conteurs professionnels en entretenaient le mythe auprès d'une assistance transie, lors de soirées autour d'un feu de bois.

Quel lien pouvait donc unir nos disparus ? Mazel s'interrogeait. Même génération, tous du coin, se connaissant de kermesses en fêtes votives, d'apéritifs de l'amitié en repas des anciens. Trois vieux célibataires pas très malins, limite handicapés du neurone. Tous sans voiture. L'un n'avait jamais pu passer son permis, les deux autres l'avaient eu sucré pour cause d'intempérance. À l'époque où ces messieurs roulaient, certains soirs fallait prier avant de prendre la route où on risquait de les croiser. Et ces soirs commençaient très tôt le matin ! Une fois, le Pélous s'était emplâtré la camionnette des époux Canonge qui revenaient de la foire. La femme occupait le siège du passager ; elle tenait sur ses genoux un panier d'œufs tout frais pondus. Dans le choc, la couvée s'était escagassée sur son tablier. Lorsque le Pélous, passablement aviné, avait vu la mère Canonge s'extirper, le ventre tout dégoulinant de ce qu'il ne reconnut pas comme une marmelade d'œufs brouillés, l'homme la crut les boyaux à l'air. Il se mit aussitôt à hurler si fort qu'on l'entendit jusque dans la vallée. « Mais qu'est-ce que j'ai fait ? Qu'est-ce que j'ai fait ? » avant de s'écrouler dans le fossé, ivre mort.

*- Traczi : peur, angoisse en argot

Sans compter les disparitions répétées, il y avait toutes ces femmes seules importunées le soir venu, jusqu'à très tard dans la nuit, par des coups de téléphone intempestifs. Un pervers, à la voix déformée sans doute, leur lâchait un tombereau de salacités et les menaçait des pires outrages. L'individu se plaisait à débiter longuement et dans le détail, pour celles qui avaient la patiente curiosité d'écouter jusqu'au bout, ce qu'il leur ferait. Dieu merci, il n'était pas encore passé à l'acte, mais cela pouvait venir. Sait-on jamais avec ces malades. Mais Mazel ne pouvait s'empêcher de supputer que certaines de ces dames entraient dans le jeu de l'obsédé et y prenaient plaisir, telle étant la nature humaine.

– Vous comprenez, monsieur le gendarme, j'étais terrorisée ! Il m'ordonnait de ne pas raccrocher, sinon il rappliquait tout de suite. Il m'a dit de m'asseoir par terre. J'avais tellement peur que je me suis exécutée. Assise au pied du téléphone, que j'ai eu du mal après pour me relever. Je l'entendais respirer. C'était un grognement. Et tout ce qu'il m'a sorti ! Que j'ai honte à le répéter, honte ! Il n'y a pas de gendarmette à qui je puisse me confier plutôt ? Ce serait plus facile.

– Je comprends, mais à Saint-Jean on n'est que des hommes. Que vous a-t-il dit encore ?

– Qu'il tenait son... « machin » et… qu'il me l'enfoncerait bien dans la bouche et puis... enfin, par-derrière ! Vous vous rendez compte, monsieur le gendarme, c'est pas croyable ça, d'aller raconter de telles choses. ! Et après... oh ! j'ose pas.

– Allez, courage, cela restera entre nous. Faites comme si j'étais le curé.

– Ben... il m'a demandé, si j'avais une culotte de la retirer et... de... de me caresser le... la. C'était trop, je lui ai raccroché au nez ! M'a rappelé immédiatement. J'ai laissé sonner, mais ça n'a pas arrêté. J'en pouvais plus, j'ai craqué. J'ai décroché. Il m'a insultée et j'entendais son souffle dégoûtant, puis il y a eu un râle et la communication a été coupée. Je vous dis pas, je tremblais comme une feuille. *Té,* j'en tremble encore !

– Vous n'avez pu identifier la voix ? Parmi vos connaissances, vous ne voyez pas qui cela pourrait être.

– Je suis une femme sérieuse, moi. Je ne fréquente pas ce type d'individu !

– Madame, ce n'est pas ce que je veux dire. Mais peut-être dans votre voisinage n'y aurait-il pas quelqu'un que vous pourriez soupçonner ?

– Écoutez, je suis veuve. Mes enfants sont à Montpellier. Ma principale activité, c'est le club de couture où je ne rencontre que des dames de ma condition. Quant à mes voisins, ils sont âgés et je ne les vois pas se livrer à de telles horreurs ! Faut être malade.

– C'était la première fois que vous étiez importunée ?

– Non, il y avait déjà eu des appels où il menaçait de venir chez moi, mais chaque fois je raccrochais immédiatement. Hier, son ton était tellement ferme que je l'ai laissé parler.

– Il ne vous a pas rappelée depuis ?

– Non, mais j'ai peur pour ce soir.

– Il vous appelle sur votre ligne fixe ? Vous avez un portable ?

– Oh non ! Pensez, je saurais pas m'en servir.

– Bon, pour ce soir vous n'avez qu'à débrancher votre ligne. Et je vous invite à demander à votre opérateur de changer de numéro.

– Et en attendant, qu'est-ce que je fais ? Je vis isolée. J'ai besoin du téléphone. S'il m'arrive quelque chose.

– Pour l'instant je ne peux rien vous conseiller de plus. Soyez assurée que nous faisons tout notre possible pour appréhender le coupable. Vous n'êtes point la seule, hélas, à être importunée par ce pervers.

– Au moins, n'en parlez à personne, je tiens à conserver ma bonne réputation !

Un problème de plus à résoudre pour une petite brigade de gendarmerie et son brigadier-chef. Habituellement, certes, les affaires ne manquaient pas. Ennui, jalousie, suspicion. Les mauvaises langues y vont de leur récital, bavassent. La médiocrité est bien souvent le lieu commun. Chaque jour apporte son lot de conflits de voisinage, haines de murs mitoyens, disputes, adultères, vengeances à la petite semaine, ivrognerie et insultes sur la voie publique. Le quotidien d'une gendarmerie à taille humaine. Mais là, on avait franchi un cap, changé d'échelle. Le stress guettait nos pandores, le doute s'insinuait.

Mazel se grattait la tête, ayant ôté son képi pour procéder à l'opération. Perdu dans ses cogitations, il n'avait pas l'impression d'avancer. Toutes les recherches pour retrouver les trois mousquetaires s'étaient avérées vaines. On avait procédé à des battues, sondé les fourrés, parcouru la montagne. Que faire d'autre ? Attendre que quelque chose arrive, fournisse un indice ? Enquêter dans le passé des individus ? Mazel avait donné des ordres à ses subalternes.

– Martin et Lauzier vous allez, chacun dans votre secteur, procéder à une enquête de proximité auprès du voisinage des trois disparus. Recueillez des témoignages. Il y aura peut-être des éléments intéressants qui remonteront.

– Chef, quelle investigation en particulier ?

– Renseignez-vous sur les habitudes de nos gars. Les personnes qu'ils auraient pu rencontrer. Interrogez tous les voisins sur les allées et venues précédant les disparitions. S'il y a eu des visites ou des évènements inhabituels ? Faites parler. Rien ne passe inaperçu dans ce bled. Que les gens racontent ce qu'ils savent. Le moindre détail peut avoir son importance.

– Bien, chef !

– Et faites diligence. Il n'y a pas de temps à perdre. La première disparition remonte à cinq mois. Chaque jour qui passe réduit la possibilité d'une fin heureuse à tout ça.

– Nous ferons de notre mieux, chef.

Mazel avait vu partir ses gendarmes. Il n'était pas très confiant dans le résultat. Si dans le coin chacun s'épiait, ignorait très rarement ce que faisait son voisin, le brigadier savait que la population se méfiait des gendarmes. Le Cévenol est *réboussier** ; il préférera, dans un premier temps, divulguer le secret dont il est dépositaire à tout le canton plutôt qu'à la maréchaussée. Faudra vraiment une extrémité pour qu'il se livre à ces « estrangers » que sont pour la plupart gendarmes et autres affiliés administratifs. Et le Brigadier-chef Mazel ne faisait pas exception, puisqu'il était originaire de Vézénobres qui, comme chacun sait, est à trente-cinq kilomètres, quand même !

Notre pandore se remit à se gratter la tête. On aurait pu penser qu'en ce qui concerne le pervers au téléphone ce fût plus facile. Les bonnes femmes importunées à longueur de nuit, que la moindre sonnerie désormais terrorisait, poussaient à ce que l'enquête s'accélérât et débouchât sur l'interpellation du monstre. Mais celui-ci était assez vicieux pour téléphoner chaque fois d'une cabine – parfois en ville, en dehors du secteur d'intervention de la brigade – ou avec un portable récemment dérobé qu'il prenait soin de vite balancer après utilisation. La perversion rend parfois malin. Chou blanc, donc, sur toute la ligne. Le cas de le dire !

* - Réboussier :à rebrousse poil, bougon.

Chapitre III

Une soucoupe volante se serait *aplatussée** dans son jardin qu'il n'en eut pas paru plus ahuri. Fontane constatait la sépulture parasite *accagassounée*** dans le coin le plus reculé du cimetière, comme un mauvais canular. D'ailleurs n'en était-ce point un ? À se le demander. Si propre, si nette, qu'elle détonnait avec les alentours envahis de ronces. Comme un décor de film fantastique sous un faux clair de lune. Manquaient plus que Dracula et la morte joyeuse ! Delfieu n'était pas peu fier d'avoir eu raison. « Hein ? Qu'est-ce qu'il en pense, Monsieur le Maire ? »

Ils firent et refirent le tour de la tombe. Aucun indice. Il n'avait pas plu depuis deux semaines. Le sol, cuit par un soleil carnassier ne révélait aucune trace de pas. La terre apparaissait fraîchement retournée. Compte tenu de la sécheresse du sol, de sa dureté, fallait que le ou les gars qui avaient entrepris la tâche y aient mis un sacré coup pour creuser ainsi dans la nuit une fosse. Car cela n'avait pu être fait que de nuit, sinon on s'en serait aperçu des fenêtres de la mairie qui surplombent le cimetière. Ou alors, ce n'était qu'un leurre. Il n'y avait pas plus de fosses que de beurre en broche ! On était en présence d'une fausse tombe, juste un monticule de terre rapportée sur lequel une stèle avait été plantée pour faire semblant, avec une couronne mortuaire pour compléter le décor. Dans les deux cas, c'était dingue ! À quoi ça rimait ?

– Tu crois pas qu'il faudrait creuser ? Voir ce qu'y a en dessous ?

***** - Aplatussé : aplati.
****** - Accagassouné : accroupi.

– C'est rien de simple, Arthur, il y a toute une législation à respecter.

– Dans certains coins où les cimetières sont bondés – tu me diras c'est pas le cas du nôtre ! – on retire bien les morts pour faire de la place ?

– Il faut justement un motif. En principe, l'autorisation d'exhumer doit être donnée par le maire en présence d'un parent ou d'un mandataire de la famille.

– Et bè, t'es le maire !

– Et la famille ? Tu la connais toi ? Sinon, quelle raison j'ai à faire déplacer cette sépulture ? Administrativement elle gène pas. Notre pauvre cimetière n'affiche pas complet.

– Mais faut quand même qu'on sache ! Ça t'inquiète pas, toi, cette tombe qui tombe du ciel ? Peut-être de la planète Mars ?

– Ne raconte pas de bêtises ! Je t'accorde qu'il n'y a pas eu d'autorisation. Faut que je me replonge dans le Code pour faire les choses en règle. Mais ce qui est certain, c'est qu'en cas d'exhumation on ne pourra pas procéder comme ça à l'ouverture du cercueil, l'inhumation étant apparemment récente.

– Et pourquoi ?

– Parce que c'est totalement interdit ! Toute ouverture est constitutive d'une violation de sépulture et punie. Même moi, en tant que maire, je ne peux pas y déroger. Il me faut préalablement obtenir une autorisation judiciaire. C'est exceptionnel et se justifie uniquement dans le cadre d'une enquête. Faut que je réunisse le Conseil municipal pour discuter de la marche à suivre. Mais je m'en vais d'abord prévenir les gendarmes, qu'ils viennent constater.

– On n'est pas sorti de l'auberge !

– Et toi, tu te mets au travail.

Pendant qu'ils discouraient, une troupe de villageois rameutés par Francine avait rappliqué et commençait à s'agglutiner. On comptait Léon, le forgeron des Aigladines, plus souvent à la pétanque sur la place qu'à redresser des fers ;

Christophe, Benjamin et Raoul, avec lesquels Léon faisait la partie, rois du bouchon et du tire-bouchon ! Mado, la boiteuse, sage-femme pas si sage que le prétendait l'intitulé de sa profession ; Josette, Joséphine et Ginette, trois sœurs – une vieille fille et deux veuves : trois concierges, les prunelles de longue consciencieusement collées derrière leurs volets mis clos et rien qui ne puisse échapper à leur espionnite journalière. Au courant de tout, même avant que cela n'arrive. Et puis Gérard, le correspondant local du « Midi-Libéré », retraité du cadastre, toujours le Nikon en bandoulière, à l'affût du moindre fait divers.

– Toi, je t'interdis de prendre la moindre photo.

– Monsieur le maire, je m'insurge contre cette atteinte à la liberté de la presse. Tout le monde ici en est témoin.

– Arrête ton char. Chaque chose en son temps. Tu prendras toutes les photos que tu voudras, mais seulement quand je te le dirai. D'abord, je dois en référer aux autorités, réunir le conseil municipal. Je ne tiens pas à ce que cet événement soit divulgué n'importe comment.

Mais Fontane ne se faisait pas d'illusion. Il s'agissait d'un vœu pieux. Avec le directoire de commères qui l'entourait, il savait pertinemment que, dès qu'il aurait le dos tourné, la nouvelle se répandrait comme une traînée de poudre dans tout l'arrondissement et jusqu'aux Saintes-Maries-de-la-Mer !

Chacun de se pousser du col pour voir le phénomène. Les femmes gloussant, les hommes hoquetant, tous, d'écarquiller les yeux.

– C'est pas ordinaire. Qui donc peut-être enterré là ? Personne n'a passé l'arme à gauche depuis des lunes, j'en aurais été averti ! S'exclama Léon, quêtant l'approbation. Et le Christophe, de rajouter à la manière des Dupont-Dupond

– Je dirai même plus, voilà qui n'est pas ordinaire. Mystère et boule de gomme !

– Cette tombe, qui tombe comme un cheveu sur la soupe, ne me dit rien qui vaille, Ginette ! sentencia intelligemment la Joséphine.

– C'est peut-être un coup des Chinois ? Suggéra l'autre... ou bien des communistes, paraît qu'il y en a encore.

– Quand y a une c... à sortir, on peut compter sur vous ! Vieilles pies que vous êtes ! Éructa Raoul, toujours fidèle au parti, à deux doigts de les embaffer.

– Toi, l'*escogossa**, on te demande pas ce que fait ta Marcelle pendant que tu pointes et tires toute la sainte journée. C'est elle que tu ferais mieux de...

Raoul aurait sauté à la gorge de la Josette, si le maire ne s'était interposé.

– Mais c'est pas possible ! Vous êtes comme des gosses, pouvez pas vous tenir tranquilles un instant ? Vous avez peut-être des histoires, des amours contrariés, mais croyez-vous que ce soit le moment ?

Tout ouïe, le correspondant du « Midi-Libéré », se pourléchait spirituellement les babines à l'évocation d'évènements scabreux, se promettant bien de les relater en cas de disparition des protagonistes, car, certes, il ne voulait risquer de procès de leur vivant ! Et Benjamin, de pouffer en regardant ses chaussures, Léon, de rire dans sa barbe, Francine, dans la sienne. Quant à Mado, elle ne pipait mot, se gardant de révéler à la docte assemblée qu'elle partageait la plupart des goûts et des connaissances de la Marcelle. Bref, au regard des turpitudes de voisinage, le miracle de la tombe était quasiment passé au deuxième plan de l'intérêt communautaire.

Il en serait ainsi allé de la comédie humaine, si le cercle de badauds n'avait dû s'entrouvrir sur une apparition noire comme un anathème. Une vieille en deuil, vêtue d'un corsage à l'ancienne, d'une jupe qui traînait au sol et la tête voilée d'un large fichu. Le fantôme traversa le groupe sans jeter un seul regard, sourd et aveugle à tout ce qui l'entourait. La créature tenait à la main un bouquet de violettes fraîchement coupées. Une seule certitude la motivait, une seule, rejoindre la tombe. Non point la mystérieuse où tous s'empressaient, qu'elle longea, parfaitement

* - Escogossa : cocu.

indifférente, mais celle où chaque jour, quel que soit le temps, elle se rendait. Là où reposaient son fils unique et son époux. Un pèlerinage qu'elle accomplissait depuis près de quarante ans. Une vieille histoire, une triste histoire que nul n'ignorait au village, mais que l'on répugnait à raconter.

Elle s'appelait Bertrande. À la fin des années quarante, une belle jeune fille, peut-être la plus jolie du village et sûrement la plus attentionnée. Son rêve était de devenir infirmière, « pour aider son prochain ». Elle avait donc poursuivi ses études. Sa mère, veuve de mineur, ne percevait qu'une maigre pension. Bertrande, dès que sa scolarité le permettait, proposait son aide au voisinage. Elle faisait le ménage, lavait les vêtements au bassin, trimbalait les seaux d'eau, aidait à la cuisine, moyennant une petite rétribution. Mais, ce qui la rendait la plus heureuse était, chaque fois qu'elle le pouvait, de s'occuper des enfants, les préparer le matin, les accompagner à l'école puis, en fin de journée, aller les chercher pour le goûter. Toutes ces tâches domestiques auraient pu nuire à ses résultats scolaires, mais Bertrande était studieuse. Le quinquet de sa chambre restait tard allumé dans la nuit, quand les lumières de la place, les unes après les autres, s'étaient toutes éteintes. La persévérance porta ses fruits. Bertrande reçue première de son école put s'installer au village. Elle y épousa Paul, qu'elle connaissait depuis la communale, bûcheron de son état et le meilleur des hommes. Le jeune couple fit l'admiration du voisinage et quelques envieux. Elle, toujours disponible, pleine d'empathie et douce avec ses patients, lui, courageux à la tâche, attentionné, d'une sobriété à toute épreuve.

Ils eurent un enfant, un garçon, et ce fut le plus beau jour de leur vie, bien qu'à l'accouchement une infection rendît la jeune femme définitivement stérile. Mais elle l'avait, lui, Pierre, le plus beau bébé de la terre ! Bertrande était faite pour être mère, incarner la maternité dans toute sa générosité, le dépassement de soi, la vie, l'amour à toute épreuve. Le mystère de la maternité dépasse ce que l'homme peut avoir à connaître de l'amour.

Pierre, petit Pierre ! Veillé, choyé, accompagné jusqu'à ce qu'il devienne un grand jeune homme, un beau gars que Bertrande admirait de toute sa ferveur.

Un grand jeune homme féru de chasse. Dès son adolescence, Pierre fut attiré par les armes. Un vieux cousin éloigné se fit un devoir, en cachette, de l'initier aux tirs et maniements du fusil. Dès qu'il fut en âge, Pierre passa son permis, malgré la réprobation de ses parents, et surtout de sa mère. Bertrande s'indignait que l'on tuât des animaux pour se distraire. Mais, patience et amour maternels, à chaque retour de son fils de la chasse elle surmontait sa répugnance lorsque ce dernier tirait de sa besace les dépouilles sanguinolentes, trophées qu'elle se faisait chaque fois un devoir de cuisiner.

Un soir, Pierre ne rentra pas. Ses camarades de battue l'avaient laissé le matin sur une crête, lieu de passage de sangliers. En fin de journée, lorsqu'ils revinrent le chercher, ils ne trouvèrent point trace du jeune homme. On fouilla les bois toute la nuit et le lendemain ce furent les gendarmes qui entreprirent les recherches. Le corps du malheureux ne fut découvert qu'au bout de quarante-huit heures, à plusieurs centaines de mètres de l'endroit où il avait pris position l'avant-veille, sur le contrefort d'une ravine, dissimulé sous des *bartas**, le visage partiellement dévoré par les sangliers, la poitrine éclatée par une décharge de chevrotine. L'enquête qui devait s'ensuivre – interrogatoires de tous les participants à la battue, témoignages recueillis – ne déboucha sur aucune piste et l'on jugea préférable de conclure à l'accident.

Les gendarmes étaient aussitôt montés prévenir la famille, avec componction et sollicitude comme il se doit. Paul sur le pas de la porte, exsangue, raide comme un cadavre, avait écouté le discours de la maréchaussée pendant que Bertrande, prostrée sur sa *cadière*** était prise de tremblements. Il n'avait prononcé aucune parole, attendu que les pandores tournent les talons.

---

* - Bartas : buissons épineux.
** - Cadière : chaise.

Alors, sans plus s'occuper de Bertrande, il avait décroché un des fusils de chasse de son fils, était descendu au cellier, s'était fait exploser le caisson. À la détonation toute la place accourut, le spectacle fut indescriptible.

Bertrande ne s'en remit jamais. Elle cessa de pratiquer et n'ouvrit plus sa porte à quiconque, enfermée dans son silence, ne s'intéressant à rien, hormis son pèlerinage journalier au cimetière. Le bruit courut qu'elle n'avait plus toute sa tête. Avec son allure de morte vivante, elle foutait la trouille et mauvaise conscience quand on la croisait ou, lorsqu'il lui prenait lubie, quel que soit le temps et l'heure, de s'en aller *barouiller** au diable vauvert avec la vieille traction de son défunt époux.

Le groupe s'était tu à l'apparition de Bertrande, tout penaud, pris en faute.

– Bon, faut que j'aille passer des coups de téléphone, avait proféré Fontane pour rompre le poids du silence.

– Tu crois pas qu'y aurait un lien avec toutes ces disparitions dans le voisinage ? Interrogea Delfieu.

– Faut voir.

– Que comptez-vous faire, monsieur le maire ? S'inquiéta le groupe.

– Je vais contacter les autorités, prévenir les gendarmes et réunir le conseil municipal. Dans l'attente, j'interdis qu'on s'approche de la tombe. Allez, oust ! Tout le monde dehors ! On ferme !

– Une petite photo, monsieur le maire, une seule !

– Je ne vais pas me répéter !

– Tu n'as pas le droit !

– Va te plaindre à l'opposition !

– Et moi ? Je débroussaille ou pas ?

– Toi ? Tu fais le planton !

---

* - Barouiller : péjor. rouler, aller de-ci de-là.

Chapitre IV

– Alors, Léonie, paraît qu'il s'en passe de belles au cimetière ? Les tombes poussent dans la nuit comme les champignons ? interrogea Verdeilhan.

– T'es déjà au courant ?

– Les nouvelles vont vite, surtout quand c'est le facteur qui les apporte et que ce facteur c'est Clovis !

– Ah oui ! celui-là, c'est le téléphone cévenol ! On se demande comment il peut finir sa tournée, vu le temps qu'il *babine** chez chacun.

– Fouineur avec ça ! Je suppute qu'il lui arrive d'ouvrir le courrier. L'autre fois, c'est seulement dans la soirée que j'ai reçu un envoi de mon éditeur – des épreuves de mon prochain livre – déposé sur le rebord d'une fenêtre, alors que la tournée était terminée depuis quatorze heures. J'avais vérifié, il n'y avait rien en début d'après-midi. J'ai aussi constaté que le ruban adhésif avait été partiellement arraché puis remis.

– Tu lui as fait remarquer ?

– À quoi bon ? Il aurait nié et ensuite se serait peut-être vengé sur les futurs acheminements.

Paul Verdeilhan avait accueilli Léonie, assis à sa table de travail. Léonie Pasquier était une habituée des lieux. Il lui suffisait de faire tinter trois fois la cloche pour se faire connaître du propriétaire, pousser la porte cochère qui n'était jamais fermée à clef et entrer. Mais c'était chaque fois une découverte. La

* - Babiner : bavasser.

découverte d'un monde différent du sien, une magie latente dans une atmosphère qui laissait large part au rêve. Le Castel, juché au sommet de l'adret d'Escoudas, constituait une des plus belles demeures de la région et des mieux conservées.

Comme son nom l'indiquait, un ancien manoir seigneurial. Un univers de pièces au mobilier de diverses époques, aux murs tapissés de tentures, de tableaux jetant des éclats sombres, ou, comme dans le bureau, une bibliothèque garnie d'ouvrages anciens. Un univers bien éloigné de celui de Léonie, de son petit appartement de Saint-Jean qu'elle partageait avec son fils Didier. Fils naturel, selon l'expression bêtement consacrée, un peu débile, que le sort lui avait imposé. Chez elle, nul canapé régence, ni fauteuil-club, ni livres rares. Du tout venant, une petite salle à manger pur vingtième, une télé couleur quatrième génération et, sur les étagères Ikéa, quelques livres de poche, pas tous lus. Sans oublier une petite boîte à musique surmontée d'une danseuse en tutu, laquelle se mettait à tourner sur elle-même dès lors que l'on remontait le mécanisme.

Paul l'avait longuement examinée la première fois qu'il s'était rendu chez Léonie.

– C'est un souvenir. Il a une grande valeur sentimentale pour moi.

L'on peut comprendre le dépaysement de Léonie lorsqu'elle se rendait au Castel pour apporter livres, rames de papier, cartouches d'encre, ou autres colis postages, commandés par le maître de céans. Ce dernier préférait faire le plus souvent appel à ses services plutôt qu'à Clovis, eu égard qu'elle était sa maîtresse. C'était de notoriété publique. Léonie, à quarante ans restait une belle brune, à l'abondante chevelure persillée çà et là de quelques cheveux blancs, au port de tête altier ; son maintien magistral rehaussait la poitrine, affirmait la courbure des hanches. À dix-neuf ans, fille mère. Et si elle traînait depuis lors la réputation d'avoir la cuisse légère, elle s'en fichait comme de ses premières règles. Quant à Verdeilhan – divorcé, libre de famille, quarante-cinq printemps vigoureux –, il se foutait pas mal du qu'en-dira-t-on, prenant plaisir à heurter le puritanisme parpaillot.

Presque deux ans qu'ils se pratiquaient ; quelques mois à peine après l'installation de Verdeilhan à Saint-Germain. Bien qu'originaire d'Alès, l'homme avait surtout vécu à Paris. Son dernier ouvrage, « L'Empire d'Uranus », ayant fait un tabac – vendu à 200 000 exemplaires ! – l'écrivain s'était vu décerner le « Prix Ray Bradbury » et était devenu un auteur de science-fiction reconnu. Grâce à ses droits, Verdeihan avait acheté, lors d'enchères publiques, le Castel entièrement meublé – hormis les quelques affaires de sa mère qu'il avait récupérées lors de son décès, dont un très ancien secrétaire qui lui servait de bureau. Il avait pu ainsi revenir en Cévennes, y retrouver ses origines.

La même année, au bal de la Saint-Jean, sur la place du village, notre romancier, nimbé du mystère du nouvel arrivant, avait focalisé les regards de l'assemblée. Particulièrement ceux d'une belle brune qui ne fut pas la moins surprise lorsque Verdeilhan l'invita à danser. Ça avait tout de suite collé entre ces deux êtres... et fait jaser ! Malgré leur différence sociale, le couple avait tout pour se plaire, partageaient une parfaite indifférence vis-à-vis des ragots et de ce que d'aucuns croient relever de la bienséance.

– Une sépulture fantôme, tout droit sortie de terre ? Voilà une belle énigme à résoudre ! Quel début de roman ! Ça m'inspire. Faut absolument que je descende au village constater de visu.

– Tu n'as pas idée de ce que ça peut être ?

– Plein d'hypothèses si on ne manque pas d'imagination.

– Et tu es loin d'en manquer !

– Soit c'est un canular... mais qui, dans le patelin ? Des jeunes ? Préfèrent les tours de mob ou aller en boîte, plutôt que de perdre leur temps la nuit au cimetière. Soit, on a vraiment enterré quelqu'un...

– Et pourquoi pas l'un des vieux dont les journaux parlent ?

– Oui, mais s'il s'agit de meurtre, je ne comprends pas le motif de l'assassin à désigner ainsi où il a enterré sa victime, et avec autant de pompes, de pompes funèbres ! Ou bien, c'est autre chose...

– Quoi ?

– Quelque chose qui dépasse l'entendement, mais constitue indubitablement une réalité.

– Explique, s'il te plaît !

– Je songe à une maxime de ce cher Sherlock Holmes. Il me semble que c'est dans la nouvelle intitulée « Le diadème de béryls ». Laisse-moi me rappeler... « Une fois... l'impossible exclu, tout le reste, même l'improbable, est vérité. »

– Pourrais-tu être plus clair ?

– Par exemple, sous l'effet d'une ouverture temporelle, une tombe qui serait venue du futur. D'un futur proche sans doute – vu la description qu'on m'en a faite, la sépulture n'a rien d'extraordinaire en soi.

– Je ne comprends strictement rien à ce que tu racontes.

– C'est pourtant simple. Imaginons que cette tombe existe dans le futur et que, sous l'effet d'une conjonction cosmique, inconnue de notre science actuelle, elle ait franchi un portail spatiotemporel pour se matérialiser à notre époque ?

– T'es complètement maboul !

– Ou alors, une autre hypothèse. Nous vivons sur un plan de réalité, dans un univers tridimensionnel. Il n'est pas prouvé que c'est le seul. S'il y en avait d'autres, se superposant ou parallèles au nôtre ? Nous ne les percevrions pas, comme nous ne percevons pas l'air, pas plus que les ultraviolets et les infrarouges qui pourtant existent.

– Ça n'a rien à voir !

– Admettons, veux-tu, qu'il existe d'autres plans de réalité ? Ceux-ci déterminant un continuum d'espace-temps différent du nôtre, avec, pourquoi pas, d'autres existences, d'autres formes de vie, que nous ne connaissons pas et qui ne nous connaissent pas. Voire, des vies parallèles, peut-être nos doubles, nos sosies !

– Et puis quoi encore !

– Mais, par un caprice de la physique – choc moléculaire ? Inflexion des trajectoires ? – voilà que deux univers, deux plans de réalité, qui étaient appelés à ne jamais se rencontrer, se mettent à interagir l'un sur l'autre, la grande mécanique s'emmêlant les pinceaux ! Pourquoi ne recevrions-nous pas, alors, ce témoignage de l'autre monde ?

– *Té*, tu me donnes mal à tête avec tes élucubrations ! Tu devrais arrêter la science-fiction.

– Hé ! c'est ce qui me fait vivre !

– Mais, pour la tombe, tu crois vraiment ce que tu racontes ?

– Pas le moins du monde... mais ça m'amuse.

Bien qu'elle fasse semblant de ne pas le comprendre, Paul Verdeilhan fascinait Léonie. Il lui apportait ce qu'elle n'avait jamais connu. Et d'abord que l'on s'intéresse à elle autrement que pour son cul ; qu'on la respecte en tant que personne. Pour la première fois, le tutoiement à son égard n'était pas une marque de mépris, mais de complicité. Avec Paul, elle se sentait intelligente et presque belle. Quel homme ! Quelle maturité ! Quel imaginaire ! Toute autre chose que ces *bédigas** qu'elle avait rencontrés, qui bavaient leur libido, l'esprit crasse et mal vieillissant.

Léonie avait passé son enfance dans un orphelinat d'Alès. Née de père inconnu et de mère n'ayant pu assumer, la république laïque avait consenti à lui apprendre quand même à lire, la poussant jusqu'au brevet. Elle n'était point sotte, mais ne pas avoir connu l'amour des parents n'avait pas facilité son épanouissement.

Seule, une très vieille dame, qui se disait lointaine cousine, mais que la fillette appelait tata, venait la chercher tous les

---

* - Bédigas : mouton d'un an, d'où, nigaud.

dimanches. Elle l'amenait au cinéma, à la foire, en promenade, après qu'elles aient goûté force petits gâteaux dans un salon de thé. La « tata » garda toujours son mystère. Tendre et attentionnée, elle ne put toutefois ou ne voulut – Léonie n'en sut jamais la raison – avoir la garde de la fillette pour l'élever. Elle décéda quand Léonie eut douze ans. Ses quelques affaires furent éparpillées à l'encan, excepté la petite boîte à musique avec la danseuse en tutu qu'elle lui avait offerte pour un anniversaire. Qui donc pouvait être cette très vieille dame ? Léonie se le demanda, se le demande toujours. Était-ce sa grand-mère ?

Mais, la vie faut faire avec. *Anem** ! L'adolescente oublia d'être godiche avec ses jupons. Les hommes ? Elle sut les faire payer. Faire payer la désertion du père, la lâcheté des hommes, leur égoïsme... Enfin, tout ce que racontent les femmes sur la gent masculine. Certains avanceront que ce n'est point vérité. Parfois si. En tout cas, pour Léonie, l'enfant abandonnée.

Lorsque l'adolescence se révèle arborescence et que la sève monte, la femme naît avec l'intuition et, très vite, l'assurance de son pouvoir sur le regard des hommes. Mais, à ce jeu du chat et de la souris, ou plutôt de la chatte et des mulots, celle qui croit piéger se piège parfois. D'aventures sans lendemain en amants sans intérêt, Léonie dépensa sa jeunesse. Puis, un jour, elle accoucha de Didier... et tout continua.

Pendant un temps, elle avait été employée en tant qu'aide-soignante par une maison de santé protestante, mais, dépourvue de diplôme, elle n'avait pu être gardée. De toute manière, nettoyer les petits vieux n'était pas vraiment sa vocation. Alors, non dépourvue d'initiative, Léonie s'était créé seule son emploi. Une micro entreprise de colis postage. Avec l'ouverture du marché, elle faisait une petite concurrence à la Poste, livrait des colis dans les coins les plus reculés du canton à une clientèle qu'elle s'était attachée. Elle avait même obtenu un contrat de portage avec la pharmacie de Saint-Jean. Sur le plan matériel, on pouvait donc dire qu'elle se défendait.

---

* - Anem / annénn' : allons !

Mais, depuis deux ans – deux années ! – elle se sentait femme, exister ! Depuis qu'avec Paul elle ne « baisait » pas, mais faisait l'amour ; qu'ils entretenaient de vrais échanges, un vrai dialogue, une vraie complicité. Presque un couple ! À peu près le bonheur.

Désormais, quand elle faisait sa tournée pour livrer ses petits colis en sillonnant les routes du canton, les chemins communaux bordés de figuières, d'yeuses, de châtaigniers, lorsqu'elle franchissait les drailles de transhumance, suivait les pistes, longeait les traversiers à flanc de montagne, c'était à tous ces instants passés avec Paul qu'elle songeait, ces beaux moments dans les bras de l'homme qu'elle savait bientôt rejoindre. Jamais les Cévennes ne lui étaient apparues aussi rayonnantes, même quand l'hiver calfatait serres, combes et *valiats**, d'un fourreau de brume. Tout aurait été pour le mieux dans le meilleur des mondes s'il n'y avait eu Didier. Chaque fois que Léonie pensait à son *drólle***, l'imaginait *barrouiller**** la campagne de-ci, de-là, désœuvré, *rabalant***** sa misère, lui venaient des éclairs noirs dans les yeux.

Ce sujet était tabou. Elle aurait préféré rompre avec son amant plutôt que d'évoquer le triste rejeton. Dans leur relation, Didier n'existait point, ne s'interposerait jamais. Paul n'ignorait pas que Léonie était fille mère, qu'elle avait charge de famille – de bonnes âmes s'étaient fait un devoir de le renseigner dès son arrivée au pays –, mais il avait très vite compris, à la première allusion tentée, que s'il voulait la perdre il lui suffisait d'insister. Alors, ils causaient de tout, du bonheur, mais pas d'une part de l'essentiel, « du côté de l'obscur », comme l'aurait parodié Verdeilhan.

– Il en arrive de belles dans ce foutu coin. Des tombes qui apparaissent, des types qui disparaissent. C'est « Sépultures et dépendances » En plus, on est dans le massif de l'Aube Morte,

---

* - Vallat : val, vallon, vallée.
** - Drólle : enfant.
*** - Barouiller : courir de-ci, de-là.
**** - Rebaler, rebalant, rabalant : traîner,traînant.

tout un programme ! Les Cévennes et leur secret... j'adore ! C'est un pays de mystères et de combes profondes. Y règne une densité de silence et de durée avec néanmoins une lumière qu'on ne trouve que dans le Midi ; telle une jeunesse, elle éclaire toute cette histoire.

– Vous voilà bien poète, Monsieur.

– Faut pas que cela nous distraie des choses sérieuses. Viens ici, ma belle, on va réinventer la bête à deux dos, voir combien elle a de tentacules ? Et Léonie ne se fit point prier.

Le ciel de lit vibrait de l'amplitude des draps. Un monstre souterrain qui faisait le gros dos, d'où fusaient rires, gloussements et trilles. Une loupiote restée allumée, baignant la chambre d'une lumière charnelle, veillait les corps accouplés sous les moires complices de portraits d'anciens dans leurs quant-à-soi silencieux. Dehors, à demi masqué par un simple voilage, dans l'obscurité d'une nuit profonde, un visage collé à la vitre épiait les ébats.

Chapitre V

Comme chaque matin, après avoir enfilé son troisième bol de café, le vieux étudiait son journal des courses ainsi qu'il en eût été d'une carte d'état major. Avec un soin militant, il analysait arrivées de la veille et pronostics du jour. Chaque course, chaque cheval, avec tous les handicaps, l'historique des victoires et les placements. Rien n'échappait au regard scrutateur de l'invétéré turfiste. Il gribouillait sur les marges d'étranges signes, d'hypothétiques calculs, d'obscures notations, qu'il était seul à pouvoir déchiffrer, mais, assurément, qui présentaient un intérêt majeur dans sa stratégie. Il lui arrivait de gagner, mais rarement de grosses sommes, et les gains récoltés ne compensaient certes pas la petite fortune, qu'en cinquante ans de paris, il avait consciencieusement dilapidée au bénéfice du P.M.U. Une brève étude sociologique permettrait éminemment de faire le constat que dans ce domaine – loteries et jeux divers – ce ne sont point les populations les plus aisées qui dépensent le plus. Les pauvres, étant bien plus nombreux, demeurent d'un meilleur rapport quand on les ponctionne ! Et puis, faut bien qu'ils rêvent ces braves gens ! Chacun se paie l'opium qu'il peut. Les grenouilles vont au bénitier, le populo, au foot et aux canassons. Mais, pour Célestin Dumas, le tiercé était en vérité moins une drogue qu'une religion. On ne plaisantait pas avec ça ! Et Cerise, la chatte, le savait bien ! Pendant toutes les opérations, elle se gardait de faire le moindre mouvement. Cela lui convenait d'ailleurs à merveille de squatter pendant des plombes la couche du maître de maison, se lover et fainéanter sur la courtepointe. Les chats sont des pelotes de sommeil. Rien ne pouvait donc distraire notre parieur hippique, penché sur son journal comme en prière, rien ! Même pas le tic tac lancinant de l'antique pendule ; même pas le léger couinement de la porte d'entrée qui s'entrouvre...

Quand on lui annonça une quatrième disparition, Mazel en faillit avaler ses moustaches. C'était Gertrude Auric, du hameau de Vieillevigne, la voisine de Célestin Dumas, qui venait faire un peu de ménage comme chaque mercredi et apporter son repas au vieux. D'abord, elle ne s'étonna point de l'absence de Célestin, pensant qu'il était parti faire son tiercé, sauf que les tickets étaient restés sur la table et le journal ouvert. Mais, sans plus se préoccuper, elle fit ce qu'elle avait à faire, n'oubliant pas de déranger Cerise. Cerise qui fit la gueule quand elle vit sa coupelle vide, miaulant son mécontentement face à cet impardonnable manque de savoir-vivre. Ce ne fut que le lendemain, lorsque Gertrude porta à nouveau le repas, qu'elle s'inquiéta. Dumas n'avait pas touché au dîner de la veille et manifestement n'avait point dormi dans ses draps, le lit étant, comme elle l'avait laissé, tiré au cordeau. Et Cerise qui miaulait de plus belle, totalement affamée et déshydratée. Gertrude descendit au village s'enquérir auprès du bar-PMU. Le vieux n'était pas passé depuis l'avant veille et personne ne l'avait rencontré. Pensant aux autres disparitions, Gertrude s'était immédiatement rendue à la gendarmerie.

Et de quatre ! Cela commençait à bien faire ! Après que le brigadier eut informé sa hiérarchie, que le substitut et le chef de cabinet du préfet eurent été alertés, le Parquet décida de mettre le paquet. Branle-bas de combat ! On allait voir ce qu'on allait voir ! Non, mais ! Une grande nation avec une grande Histoire se doit de prendre de grandes mesures quand crédibilité et efficience des pouvoirs publics sont ainsi mises en cause.

« Mobilisation de plusieurs brigades », avait assuré le colonel de gendarmerie. « Faut mobiliser les unités cynophiles. Rien de tel que les chiens pour les battues. Mettez aussi à contribution les chasseurs. Ceux-là connaissent mieux le coin que quiconque. Vous retournerez le pays de fond en comble, que pas un pouce de terre ne reste inexploré. Pas un mas, pas une maison, pas une cache, pas une remise, pas une *clède** qui ne soient fouillés et refouillés. De jour comme de nuit ! Faites comme si on avait kidnappé le Président ». C'est là que se reconnaît une démocratie. Tous égaux. La nation comptable de ses fils, solidaire des disparus.

Les ordres furent donnés et appliqués. Durant quatre jours entiers, le pays fut minutieusement quadrillé, la population interrogée, harcelée, soumise aux questions, doute, suspicion des enquêteurs. Sources et bassins, grottes, *iasses***, furent sondés, explorés, trifouillés, jusqu'au moindre bartas. À faire s'exiler les colonies de sangliers qui peuplaient ces versants, le groin en alerte, désespérés de ne pouvoir plus *fousigner**** en paix. Quant aux renards, hérissons et autres blaireaux, ce fut le grand exode, la débâcle de 40, façon trotte-menu ! Taïaut ! Taïaut ! Voilà l'Homme ! On vit alors des képis remonter, descendre les sentiers, les rivières ; des uniformes longer les *drailles*****, fouiller *eusières****** et *castanets*******, suant comme des serpillières sous un soleil printanier si heureux et si fier qu'on eût dit qu'il les narguait. Rien ! Fichtre, on ne trouva rien ! Les chiens force aboyèrent, mais sans repérer la moindre piste. Affolé, au seuil des demeures, leur flair s'arrêtait chaque fois à la porte des disparus comme si ces derniers se fussent envolés, évaporés, dissous... n'eussent même jamais existé ! À désespérer de la foi en l'uniforme et des képis qui déteignaient amèrement sur les fronts.

Et puis, il y avait encore cette autre histoire, à Saint Germain-la-Clède, une histoire de fou. Une tombe qui serait apparue mystérieusement, que le maire venait de signaler. En d'autres temps, Mazel eût été enclin à considérer la chose sous l'angle d'un mauvais canular. Mais la coïncidence avec les disparitions méritait qu'on s'y intéressât très sérieusement. Ne fallait rien laisser de

---

* - Clède : bâtiment de pierre servant à faire sécher les châtaignes.
** - Iasse : creux où les troupeaux se reposent au fort de la chaleur.
*** - Fousigner : farfouiller dans la terre avec son groin (cochon, sanglier).
**** - Draille : piste de transhumance.
***** - Eusière : bois de chêne vert.
****** - Castanet: châtaigneraie.

côté. Tout événement bizarre et inhabituel pouvait se révéler riche d'enseignement pour l'enquête. Le brigadier allait y monter, discuter avec les édiles et, surtout, constater.

Dans la salle du Conseil, la plus grande quantité de villageois s'entassait et ceux et celles qui n'avaient pas réussi à pénétrer débordaient à l'extérieur, nez collés aux vitres.

– Il est évident que ce qui vous arrive sort du commun. Toutefois il ne faut pas exclure une plaisanterie. D'un mauvais goût, je vous l'accorde.

Et le conseil municipal, dans son entier, d'opiner du chef.

– Si c'est quelque petit malin, nous saurons bien le démasquer et lui faire perdre l'envie de se moquer du monde !

– Ça ne peut être qu'un de ces hippies qui crèchent dans l'ancienne école avec la bénédiction de mooosieur le maire ! asséna Antonin, candidat malheureux contre Gaston Fontane aux dernières élections.

– L'Antonin, il te faut des boucs émissaires ? Qu'est-ce qui te permet d'être aussi péremptoire ? Ces hippies, dont tu parles, ou plutôt ces rastas, ne sont pas méchants et payent leur loyer avec ponctualité, lui rétorqua le maire.

– Ouais, grâce à qui ? À la C.A.F, c'est à dire à nos impôts !

– Là n'est pas le problème, tu n'as pas à accuser sans preuve.

– Mais si on ne cherche pas ! Tu ne peux pas nier leur mauvaise influence sur les jeunes du village. C'est du laxisme !

– Et sur certains, particulièrement ! avança un autre édile, en jetant un regard entendu vers un conseiller de l'autre bord.

– Tu veux bien préciser ta pensée ? interrogea l'autre bord.

– Moi, j'ai pas de fils qui traîne à des heures pas possibles et fait du barouf avec les autres dépeignés en fumant bien autre chose que du tabac !

– L'André, fais gaffe à ce que t'insinues ! Je peux t'attaquer pour dénonciation calomnieuse !

– Holà ! On se calme ! Il est exact que certains jeunes – dont ton fils – font du tapage nocturne et il faudra sévir. Mais de là à tout mettre sur leur dos... et sur le dos des rastas qui, jusqu'à présent, sont tout à fait paisibles. Ne vous aveuglez pas et laissez pour une fois vos préventions de côté... ainsi que vos bisbilles politiques ! D'ailleurs, il n'est point prouvé que cette tombe soit une simple blague. Sinon, je ne crois pas que le brigadier-chef, ici présent, aurait pris la peine de se déranger.

– Affirmatif. On se doit d'envisager toutes les hypothèses.

– Monsieur le gendarme, moi je dis qu'il faut agir. Vite voir ce qui l'en retourne. Il en va de l'intérêt de la population qui se fait un sang d'encre depuis que « la chose » est survenue.

– Ouais ! Antonin a raison. Faut tout de suite ouvrir la tombe et découvrir ce qui s'y cache, renchérit Gérard, le correspondant du journal local, qui voyait là une bonne occasion de faire des photos.

Brouhaha approbatif.

Dans la petite salle du Conseil, l'excitation était à son comble – ainsi que la petite mairie, aussi bondée qu'un jour d'élections lors du dépouillement –. Et comme d'habitude, les grandes gueules donnaient le la. André, des Combes et Antonin de la Castagnade, les rois du « Yaka » !

Le maire reprit la parole.

– On ne va pas faire n'importe quoi, n'est-ce pas brigadier-chef ? Le Parquet est informé et doit prendre une décision. Dans le cadre d'une enquête judiciaire, il peut ordonner l'exhumation, s'il l'estime utile, notamment afin de vérifier s'il s'agit d'un des malheureux disparus. Mais, encore on n'en est pas là.

– Surtout pas de considération hâtive, renchérit le brigadier Mazel. Rien ne permet présentement de conclure à un lien.

– Pourquoi attendre ? Le temps que les huiles se remuent, on sera tous devenus fadas d'inquiétude. On n'a qu'à creuser ! insista Gérard.

– Je m'en charge, ajouta Arthur Delfieu, croyant bon de rappeler à l'assemblée que c'était là son affaire.

– Pour l'instant, je le dis, on ne touche à rien ! C'est un ordre. Quant à toi, Gérard, c'est moins l'inquiétude qui te rend maboul que la curiosité qui te dévore.

– Mais, Gaston…

– Je répète qu'il faut respecter la loi... et, que je sache, il n'y a pas urgence.

– Pas sûr. La tombe pourrait disparaître comme elle est venue. Hé ! pourquoi pas ?

– André, je te savais l'esprit tordu, mais quand même ! De toute façon, j'ai fait condamner le portail du cimetière. Personne n'entrera jusqu'à nouvel ordre.

– En ce qui concerne la gendarmerie, vous comprendrez aisément, monsieur le maire, que je ne peux pour l'instant distraire d'élément de mes effectifs, compte tenu de ce qui se passe, avait jugé nécessaire de préciser le brigadier-chef.

Paul Verdeilhan observait cette tranche de vie, un sourire en coin. À plusieurs reprises il ne s'était pas privé de regarder par la fenêtre, apercevant le cimetière en contre bas et l'insolite tombe dont la présence têtue avait l'évidence d'un point sur le I. Il y avait là forcément un secret qu'il se faisait fort de percer. Il mènerait son enquête sans en parler à quiconque, y compris les gendarmes, afin de garder toute latitude, ne pas être embarrassé par de lourdauds importuns.

Écrivain du fantastique, Verdeilhan se savait suffisamment imaginatif pour forger de nombreuses hypothèses, concevoir divers scénarii, repérer les pistes. Il en faisait le pari. Un jeu et un défi. Et si, comme il s'en doutait, la remontée à la source s'avérait longue et tortueuse, qui préserverait le suspense jusqu'au dénouement, il en tirerait bien bénéfice. Une belle, sombre, inquiétante histoire à raconter. Outre la science-fiction, il avait toujours éprouvé le désir de conduire une bonne intrigue policière. Alors, jouer dans la vraie vie Sherlock Holmes ou Rouletabille, était une aubaine à ne pas laisser passer.

La séance allait prendre fin.

– Monsieur le maire, je vous remercie ainsi que le Conseil municipal de m'avoir accueilli. Vous m'avez fait part de vos inquiétudes. Soyez assuré que la gendarmerie mettra tout en œuvre pour élucider ce mystère

– Je n'en doute point, brigadier Mazel. J'ai entière confiance.

– Vous avez pris la bonne décision en interdisant l'accès au cimetière. À souhaiter qu'il n'y ait pas d'obsèques impromptues, si je peux m'exprimer ainsi, avant le commandement des autorités de faire fouiller la sépulture et procéder à une éventuelle exhumation.

– Que le Seigneur vous entende !

– Je suis convaincu que les ordres seront rapidement donnés pour aider aux investigations. En attendant, je recommande à vous tous ici présents et, par votre entremise, monsieur le maire, à l'ensemble de vos concitoyens, de rester vigilants. Soyez attentifs, n'hésitez pas à signaler à la brigade le moindre comportement suspect, le plus petit fait insolite. Ne vous polarisez surtout pas sur la seule énigme du cimetière. Les recherches concernant les disparus continuent. La gendarmerie a besoin du concours de tous. Il ne s'agit pas d'encourager la délation, mais de contribuer à éclaircir le mystère et, je l'espère, retrouver sains et saufs les disparus.

– Je me porte garant de la coopération de l'ensemble des villageois, conclut Fontane, sous un acquiescement général et citoyen, sauf Antonin qui faisait la gueule.

Au cœur de cette quasi-unanimité, chattemite, Verdeilhan paraissait adhérer pleinement au message du brigadier-chef.

Chapitre VI

– Alors, tu les sors tes grosses miches ! Pétris-les, vieille pute ! Je vais te les *chaspiner**, moi ! Dis ? Hé ! T'es qu'une belle cochonne, toi ! T' aimes çà, salope !

L'abruti continuait à éructer ses fantasmes alors qu'au bout du fil, la correspondante avait depuis longtemps raccroché, terrifiée. Didier ne paraissait pas s'en être aperçu, qui continuait à postillonner sur le portable. Il était dans son monde de cul, où les femmes – surtout celle qu'il considérait comme des vieilles, seules de préférence – étaient toutes des putes, des salopes qui ne pensaient qu'à ça !

Qu'à vingt-deux ans il restât encore puceau, travaillait dur son inconscient, mais seulement l'inconscient. Au quotidien, l'obsédé baignait dans une irréalité où toutes les gonzesses participaient à ses fantasmes, bien qu'il ignorât sans doute ce mot. Chez Didier, l'univers se réduisait simple. Les nanas avaient un con à la place de la bouche, un cul en guise de cerveau, des nichons un peu partout. Des machines à faire triquer les braves mecs comme lui, qu'on insulte car elles le méritent, c'est tout !

Violeur en puissance ? Possible, mais, jusqu'à présent, le bougre s'était contenté d'appels téléphoniques, de menaces et de propos salaces. Trop complexé pour s'approcher de quelqu'une, lui adresser la parole, la regarder dans les yeux. Même cagoulé et armé d'un couteau, difficile de menacer une proie au mental supérieur. Car si, à longueur de propos orduriers, il ravalait au rang de chiennes en rut la gent féminine en son entier, la seule présence d'une femme bien réelle l'intimidait au plus haut point. Quelque part, au tréfonds de son esprit dérangé, aux antipodes

---

* - Chaspiner : tripoter, triturer les seins.

de sa perversion, pressentait-il d'instinct une sensibilité qu'il ne savait appréhender ?

Didier balança le portable volé dans un massif et rejoint le bistrot en face duquel était garée sa mob. Qu'il téléphonât chaque fois avec un nouveau portable, alors qu'il avait juste ce que Léonie lui concédait d'argent de poche, ne préoccupait personne. Nul ne lui prêtait attention. Didier ne comptait pas. Il n'était rien qu'un pauvre gars n'ayant pas « la lumière à tous les étages », selon l'expression de sa propre mère. De toute manière, il se faisait déjà tard et, excepté deux vieux piliers avinés radotant leur solitude, le « Petit Cévenol » était quasi vide. Le patron somnolait derrière son comptoir. Saint-Jean s'avachissait d'ennui. Après avoir sifflé un demi, Didier s'acharna sur le flipper antique, une des rares reliques des sixties qui avait servi de substitut de coït à des générations d'adolescents boutonneux. Avec des « han ! » de bûcheron, l'inhibé s'escrima à faire tilter la machine, jusqu'au moment où le tenancier le rappela à l'ordre.

– Hé ! Vas-y mollo mon gars ! Faut pas secouer ainsi sinon je t'interdis de jouer.

– C'est bon ! De toute façon je quitte ce rade pourri !

Et Didier de s'enfoncer avec sa mob dans la nuit, se lancer pour une virée vers le massif de l'Aube-Morte

C'était bon le vent, l'air sur le visage qui fouette les joues. Hormis la pétarade du moteur... la solitude, le bruissement des alentours ! Un bruissement de végétation grignotée d'insectes où les arbres éventaient les grillons. La fraîcheur de la nuit éveillait des odeurs mentholées de prés, d'herbes, de fleurs des champs ; révélait les arômes de pins, le jour endormis. L'obscurité percée par les phares découvrait à la courbure d'un virage – l'instant d'un regard –, la profondeur de la forêt qui, s'entrouvrant tel un rideau de théâtre, dévoilait un décor de fable embrumé.

Toutes ces sensations, Didier les recevait en une confuse perception ; seul, jusqu'au bout de la nuit, avec ce sentiment de liberté que lui procurait le chevauchement de sa machine lâchée à une vitesse qu'il s'imaginait vertigineuse. Là, il maîtrisait la solitude de la montagne, nul ne se moquait, personne ne pouvait se moquer ! Il était... immense ! Se confondait à l'immensité environnante, l'épousait dans une cavale nocturne. Qui donc s'inquiétait de lui ? Certainement pas sa mère. Elle s'en fichait, trop occupée à s'envoyer en l'air avec l'autre, le Monsieur, le type à lunette qui passe son temps à lire et écrire. « Ppfff ! Un truc de nana ! » Les mecs, les vrais mecs, lisaient jamais, eux, à part le journal pour le foot et le tiercé. Écrivaient encore moins ! Sauf quand ils faisaient leur compte, le jour du marché... Du calcul. Mais c'est pas écrire ça ! Quant à lui, fallait même pas en parler. De l'école, l'avait juste gardé le souvenir des roudoudous de la maîtresse quand elle passait dans les rangées. « L'âne Alf ? » Euh ? « Fait la bête ». Quelque chose comme ça, qu'on disait de lui.

Didier n'avait pas d'amis. À quoi bon les amis si c'est pour se faire moquer ? Les autres, les jeunes de son âge, sûr qu'ils se moquaient de lui ! Lui disaient des trucs, des plaisanteries qu'il comprenait même pas. Et puis, ils avaient leurs copines. Les filles, elles étaient encore plus moqueuses. Des vilaines, avec des jupes qui se soulevaient, montrant leurs cuisses. Blanches, les cuisses... et la petite culotte qui se devinait. Et le sourire malicieux des vicieuses. Elles lui posaient des tas de questions sur ce qu'il faisait la nuit, tout seul dans son lit. Comment qu'elle était longue ? S'il avait déjà caressé des minous ? Et leurs copains pouffaient de l'entendre bégayer n'importe quoi, comme un bédigas ! Pouvait pas rester. L'excitaient trop, qu'il passait son temps à se palucher dans les fourrés et que ça lui donnait mal à la tête.

Préférait téléphoner ! *Débagouler** tout ce qu'il voulait, surtout aux vieilles, les plus cochonnes ! Prenait son temps. Pouvait bander tranquillement en leur faisant peur. Se sentait puissant, besoin de personne, intelligent ! Car lui venaient plein de mots, d'images, de sensations, qu'il ne savait même pas qu'il les avait dans sa tête. Et ça lui faisait du bien, ça éclatait, ça fusait comme un jet de foutre... et il foutait ! foutait ! Que c'était bon ces séances de téléphone !

---

* - Débagouler : dire, cracher ses quatre vérités.

Et cette course au milieu de nulle part, dans l'œil de la nuit, sous la lune qui se levait en déchirant les nuages. Le roi n'était pas son cousin. Pouvait aller où il voulait, Didier. Bien malin celui qui eût eut pu l'en empêcher. N'avait de compte à rendre à personne. Rraonn ! Le moulin tournait au poil. Une bonne mécanique qu'il avait trafiquée. Tous disaient qu'il savait rien faire, mais voilà la preuve que c'était faux ! Des mauvaises langues, ceux qui le traitaient de bon à rien... Méchants eux-mêmes. Allez, zou ! Un bon raid dans la montagne, franchir le col de la Marelle, puis descendre à toute berzingue sur Saint-Germain, pas la peine de freiner, y a rien en face, on verrait venir avec les phares... Rraonn !

« Merde ! »

Une harde de sangliers, obscure comme la pénombre. Toute une famille qui dévale sans crier gare et traverse la route pour rejoindre un point d'eau. Le mâle, en tête, puissant, hure têtue, puis la laie, attentive, suivie des trois petits cochons – « Oh pardon ! » – des marcassins, petites queues qui s'agitent dans la nuit.

« Les cons ! Failli me les emplâtrer ! »

Mais il les aimait bien, Didier, les sangliers. Et puis tous les êtres de la forêt. Mais surtout les sangliers. Il détestait les chasseurs toujours à les traquer, les battues, qui leur laissaient si peu de chance. Tous ces fusils quadrillant au garde-à-vous la campagne, postés en tir croisé. L'intelligence alliée à la technique pour avoir raison de l'animal. Obscurément il savait ça, Didier, la foncière inégalité du combat. Les sangliers ? Il comprenait leur liberté, leur rudesse, leur sauvagerie, la spontanéité de leur état. À les envier presque. Dans une nature idéale, il aurait fraternisé. Parce qu'il éprouvait leur animalité, finalement leur ressemblait. Sauvage, lui aussi, une bête au regard des hommes.

Rraonn ! Tâcherait d'être plus prudent, mais c'était pas une raison pour s'endormir en chemin. Ferait la descente en faisant gaffe aux alentours. *Vè* ! le moulin tournait bien et c'était le principal. Ne tarderait pas à rejoindre Saint-Germain. La route s'offrait comme une femme. Déjà il devinait les premières bicoques. Quelle heure pouvait-il bien être ? N'avait pas de montre. À quoi cela lui aurait servi ? Savait à peine lire l'heure. À vue de nez, compte tenu du temps qu'il avait mis pour monter de Saint-Jean, approximativement ce devait être le milieu de la nuit. Pas une seule loupiote allumée, tout le monde devait en écraser.

Même les rastas, avec leurs tresses. Comment qu'ils appelaient ça ? Des... des « dréades loques » ! Didier se disait qu'il connaissait des mots anglais. Les rastas lui avaient appris. Ils lui avaient fait répéter plusieurs fois pour qu'il s'en souvienne : « dréades loques ! » Ils étaient gentils. Ils improvisaient des fêtes n'importe quand. Pas besoin d'attendre Noël ! Ils ne vivaient pas en communauté, créchaient dans deux appartements distincts que louait la commune, mais ils se recevaient les uns les autres pour écouter de la musique spéciale, avec des tambours. Un soir, ils lui avaient fait fumer du hachiche. Un tabac qui fait rire et puis dormir... mais surtout tousser. P'tain, qu'est ce qu'il avait craché sa mère ! Pourtant l' avait été heureux, l' aurait bien voulu que cela se reproduise, mais les autres l'avaient plus invité.

Cette nuit les Indiens semblaient roupiller, comme tout le village. Des braves gens à n'avoir jamais rien à se reprocher. Le sommeil du juste. Z'allait leur foutre un de ces bordels ! Mais, à y réfléchir, peut-être pas. La dernière fois un salopard lui avait balancé une boule de pétanque qui avait voilé sa roue arrière. Valait mieux éteindre le moteur. D'ailleurs le silence était propice aux découvertes. Se déplacer en catimini et zieuter dans les maisons où on n'a pas fermé les volets. On en voit de belles souvent ! Certains, on croit qu'ils dorment, mais ils ne dorment pas. Ça bouge derrière les rideaux et malgré l'obscurité, on devine, avec la complicité du lampadaire municipal. On discerne des formes dans les lits, des couvertures comme des vagues. Didier imagine quelque chose qui l'hypnotise. Tout, dans sa pensée, le ramène à son obsession.

Mais aujourd'hui, heure trop tardive sans doute, rien à se mettre sous la prunelle. Pas un pouce de chair dévoilé, pas un geste, pas un mouvement qui peut faire supposer. Didier en était réduit à repartir d'où il était venu, n'ayant joui d'aucun spectacle.

Cependant, il irait bien faire un tour au cimetière, tâcher d'apercevoir cette fameuse tombe qui s'était radinée sans crier gare et dont tout le monde parlait. Il adossa sa mob contre le mur du temple et descendit précautionneusement la calade. Pourquoi tant de prudence ? Ne point réveiller les alentours ? Certes, pas dans l'esprit de Didier, qui n'appréciait rien tant que d'affoler les chambrées ! Non. Il n'eût pu le dire, mais une intuition susurrait à son inconscient qu'il devait avancer sans bruit, sans révéler sa présence.

L'empierrement poli par les ans luisait sous ses pas. La venelle coulait en pente raide jusqu'au cimetière dont Didier devinait les murs de pierres sèches et la bouche sombre du portail. Une lune à son premier quartier baignait l'enceinte, lui donnait l'aspect d'un camp retranché d'où quelques croix émergeaient comme des télégraphes. Un poste avancé au milieu de la caillasse et au centre de nulle part. Didier s'approcha.

Il n'avait pas immédiatement perçu la lueur qui en émanait, faible, nimbant un coin reculé du cimetière. Une pauvre clarté, une luisance qui désignait « La » tombe ! Didier ne croyait pas aux revenants. Il n'avait pas assez d'imagination pour craindre l'au-delà. Blotti dans une encoignure où le mur était partiellement écroulé il distinguait toute la scène, repéra sans être vu. Il y avait une ombre. Une ombre penchée au-dessus de la sépulture. Posée sur la stèle, juste une bougie, une toute petite flamme qui faisait de son mieux pour l'éclairer. Éclairer l'inscription que l'ombre était occupée à graver. Didier était trop loin pour voir de quoi il en retournait. L'ombre, absorbée par la tâche, besognait à l'aide de ce qui devait être un ciseau. La luminosité était trop réduite et l'ombre, de dos, couverte d'une sorte de pèlerine avec un capuchon qui dissimulait les traits. Didier aurait été bien en peine de découvrir qui se cachait derrière le fantôme. Celui-ci semblait maintenant caresser la stèle et le message tracé. Encore un geste doux, un baiser de la main, la paume qu'on étend sur la pierre en geste d'adieu. Puis l'ombre se leva, se hâta vers l'autre bout du cimetière, franchit le portail décadenassé et s'enfuit.

Didier resta quelques secondes, interdit. Qui donc pouvait bien être ce *mascaré** ? Il avait pas rêvé quand même ! Même si le silence pesait comme une invitation à se taire et fermer les yeux, Didier s'avança vers la tombe. Sur la stèle il y avait une inscription, ou plutôt, une date, que l'illettré ne savait déchiffrer.

En enfourchant sa mob, Didier vit, qui luisait sous le lampadaire, la masse noire de la vieille traction. Il ne se souvenait pas l'avoir aperçue à son arrivée.

* - Mascaré : à la fois masqué et sali.

Chapitre VII

Gaston Fontane n'avait pas toujours vécu au village. Dans une autre vie, il avait été marin, marin de commerce. Dans sa jeunesse, lorsqu'il gardait le troupeau de chèvres du grand-père, le regard fixé sur l'horizon des Cévennes au moutonnement bleu, le petit montagnard de Saint-Germain rêvait déjà d'une autre mer, d'océans immenses. L'attirance des contraires. Devançant l'appel, Gaston s'engagea dans la Royale. Il avait dix-sept ans. Cinq ans de service dans la marine française lui firent « voir du pays ». Les côtes africaines du Sénégal, de Guinée, du Dahomey et du Gabon, mais aussi celles d'Indochine et des Antilles françaises. Ses périples l'amenèrent jusqu'au bout du monde – Tahiti et la Nouvelle-Calédonie – et lui évitèrent surtout de partager le sort de la plupart des gars de sa génération, l'enlisement dans le sang du bourbier algérien.

Tous ces voyages donnèrent à Fontane une ouverture d'esprit et entretinrent son goût de l'aventure. Tout naturellement, à peine démobilisé, le jeune homme s'inscrivit sur le rôle du premier cargo en partance. Il venait de souffler ses vingt et deux bougies. Une carrière de trente cinq ans, avec Sète, la lumineuse, comme port d'attache. Une vie de marin, sans famille. Un songe devenu réalité, une réalité tel un songe. La fuite des jours en mer, la carrée partagée avec les camarades d'équipage, la houle lancinante et, entre deux quarts, les escales où l'on décharge et s'approvisionne – quelques heures où l'on baigne dans des senteurs et des décors multicolores sous la musique de langues indigènes. Puis, les tempêtes affrontées, les coups de tabac, les éléments qui se déchaînent comme une malédiction ; et chaque fois le port espéré, le port d'attache que l'on guette, après tant et tant de journées passées dans l'immensité vide.

Trente cinq années d'une telle vie épuisent le désir de partance. La soixantaine venue, Gaston Fontane se souvint de son petit mas cévenol, inhabité, solitaire depuis la mort des parents. Sa sœur cadette l'avait depuis longtemps déserté, mariée à un fonctionnaire de l'État qui, tout en lui ayant fait quatre enfants, avait poursuivi ses promotions de poste en poste. Les terres n'étaient plus travaillées, les *faïsses** se dépierraient et les *bancels*** à l'abandon. Les voisins y faisaient paître leurs troupeaux, en jetant parfois, sans doute, un regard triste vers la pauvre demeure délaissée. Ainsi qu'il avait jadis répondu à l'appel de la mer, Gaston entendit l'appel de ses racines. Les Cévennes ! Les Cévennes déployées comme un souvenir, une maternelle caresse, une petite voix qui chuchotait la montagne. Lou *païs**** et ses clèdes, ses calades, ses eusières – toutes frémissantes l'été, que le soleil *dardailhe***** ; et l'hiver, ses futaies embrumées en un songe éthéré. L'homme revint donc au bercail. Comme pour se faire pardonner sa longue absence, Fontane proposa à ces concitoyens de les faire bénéficier de son expérience, de son dynamisme, de ses compétences. Il avait acquis un savoir-faire et de l'instruction ; connaissait les rouages de la société et du commerce, les arcanes administratifs. Volontaire, motivé, vieux célibataire entièrement disponible – l'ancien maire ne s'étant point représenté – ce fut donc sans grande opposition – mis à part le bilieux Antonin – qu'il fut élu cinq ans après son retour sur une liste entièrement renouvelée.

– Tu sais, Gaston, il s'est encore passé des bizarreries cette nuit.

– Des bizarreries ?

– On a pénétré dans le cimetière.

– Impossible. L'ouverture du portail est condamnée par une chaîne.

---

* - Faïsses : murs en pierres sèches soutenant les terres en terrasses.
** - Bancels : espaliers, terrasses.
*** - Païs : pays.
**** - Dardailher : d'un terrible soleil, on dira qu'il dardailhe.

– On a brisé le cadenas ! Je viens de le constater... c'est pourquoi j'ai couru voir.

– Et qu'est-ce que tu es allé voir ?

– La tombe, pardi ! On y a écrit... sur la pierre !

– ...

– Maintenant, une date y est gravée : octobre 1961... ça te parle ?

– Et pourquoi voudrais-tu que ça me parle ?

– C'est bien mystérieux tout çà ! Mais cela doit avoir un sens.

– Si tu le dis.

– Tu ne veux pas venir t'en rendre compte ?

– À quoi bon.

– ...

– Et puis d'accord ! Allons-y. Il y a eu violation et bris de clôture. Je vais prendre des photos pour l'enquête.

Fontane semblait dépassé par les évènements. Il accompagna une nouvelle fois Delfieu sur les lieux du prodige. La tombe, certes, n'avait pas bougé de place, et son apparence, fraîche et pimpante, sa présence irréelle, défiait l'entendement, narguait la raison. Mais il y avait effectivement une inscription qui en modifiait l'aspect... et le sens. La sépulture n'était plus totalement anonyme. La date burinée sur la stèle désignait l'énigme en livrant un premier indice. Il fallait pouvoir l'interpréter. Le commencement d'un rébus ? Une date historique ? Celle d'une mort ? Pourquoi ici ? Pourquoi maintenant ? Et quel lien avec Saint-Germain ?

– Dïou ! Tu te rends compte que le gars il est revenu cette nuit, a déglingué le portail rien que pour graver ce machin ! Qu'il aurait pu se faire avoir !

– Sans doute c'était très important pour lui, s'il a pris ce risque.

– L'a même pas inscrit le nom du locataire !

– ...

– Gaston, on a quand même affaire à un malade, non ?

– Je ne suis pas psychiatre et je ne me permets pas de juger sans savoir. Disons qu'il s'agit d'un truc peu commun, qu'il faudra élucider.

– Ouais ! Mais je vois pas comment.

– En partant de la date. Essayer de savoir à quel événement elle correspond. Déjà, on peut toujours regarder sur le registre d'état civil les naissances et les décès.

– Ah oui ! J'y aurais pas pensé... Mais, va falloir quand même l'ouvrir un jour, cette tombe, pour connaître ce qu'elle renferme ! Un des gus évaporés y bouffe peut-être les pissenlits ?

– Ça, c'est une autre histoire. Je t'ai déjà expliqué.

– Si tu creuses pas, tu trouves pas.

– Interrogeons d'abord les villageois, l'un d'eux a peut-être aperçu ou entendu quelque chose.

58 Écrire que la nouvelle avait laissé le village sans voix – entendu que personne ne pouvait témoigner – n'était pas exact. Car tout le monde y allait de son commentaire, même si on n'avait rien à dire. Puisqu'au moment des faits tous câlinaient Morphée... sauf un, qui n'habitait pas Saint-Germain, mais celui-là ne parlerait pas... et on ne l'interrogerait pas de toute façon. Mais ça caquetait, ça s'inquiétait, ça jouait à se faire peur. Fontane quitta l'agora vibrionnante pour la mairie. En rentrant, il découvrit Paul Verdeilhan occupé à consulter le registre d'état civil à l'année 1961, plus précisément le mois d'octobre.

– Vous menez votre petite enquête ?

– Il n'est pas interdit de chercher à comprendre.

– Certes non. Vous avez trouvé un commencement de réponse ?

– Chou blanc. En octobre 1961, il n'y a eu ni naissances, ni décès. On relève seulement une naissance en novembre et un décès fin décembre.

– Fausse piste, donc.

– Cela aurait été trop simple.

– Vous comptez poursuivre vos investigations ?

– Est-ce que cela dérange ?

– Non, à condition que vous fassiez part aux autorités de vos éventuelles découvertes.

– Cela va de soi, monsieur le maire.

Gaston Fontane observa par la vitrée Verdeilhan quitter la place. Étrange bonhomme. Devrait peut-être s'en méfier. Quelles étaient ses motivations à fouiner ainsi ? Dissimulait-il quelque perversion sous un faux-semblant d'intérêt intellectuel ? Cherchait-il à noyer le poisson ? Nul au village ne connaissait vraiment ses origines ni son histoire, sinon qu'il aurait passé son enfance au « Pré-Saint-Jean », quartier populaire d'Alès. Il ne semblait pas avoir gardé de famille. Qu'il fut longtemps expatrié le rendait pour certains suspect de « lèse Cévennes » et d'aucuns le trouvaient hautain. Son succès en librairie lui donnait sûrement « la grosse tête ! » Ce n'était pas ce que pensait le maire, qui estimait bon pour Saint-Germain de compter une célébrité. Mais était-il nécessaire de lui laisser ouvrir les registres et d'y trifouiller, comme l'avait permis la secrétaire, sans lui demander de quoi il en retournait ? Fontane gourmanda Francine d'avoir agi à la légère.

– Alors, n'importe qui peut venir, se servir, farfouiller, tripoter les registres, pourquoi pas arracher des pages, pendant que madame la secrétaire de mairie se fait les ongles en tournant le dos !

– Monsieur Paul n'est pas n'importe qui. Il fait partie du village. Et il m'a demandé très poliment de lui sortir l'état civil de l'année 1961 pour le consulter. C'est son droit, non ? J'étais présente. Et je ne passe pas mon temps à me faire les ongles ! Ce sont des propos machistes ! Si monsieur le maire estime que je ne fais pas mon travail...

– Je ne t'ai pas vue en entrant. Où étais-tu donc passée ?

– Je peux encore m'absenter pour aller aux toilettes ! Qu'est ce que c'est que cette inquisition ? Et Francine d'éclater en sanglots.

Fontane, comprenant qu'il avait poussé un peu loin le bouchon, s'excusa d'avoir malmené la pauvre femme et tenta de se justifier.

– Faut pas m'en vouloir, ma brave Francine. Je n'ignore pas l'excellent travail que tu accomplis pour la commune et ne mets pas en doute ta conscience professionnelle. Oublie mes propos. Ils ne reflètent absolument pas ma pensée. Mais, tu sais, je suis « *dévarié* *» par ce qui nous arrive. Cette tombe et toutes ces disparitions dans le canton !

– Moi aussi je me pose des tas de questions.

– J'ai peur que ça dégénère, qu'on vienne de partout, qu'on envahisse notre beau petit village. Tu comprends ?

– Oui, monsieur le maire.

– Je crains que Saint-Germain ne devienne le lieu de rendez-vous de fouineurs à la curiosité malsaine. Qu'ils viennent piétiner notre cimetière, violer notre intimité, tout photographier. Nos habitants, comme dans un zoo ! Les derniers animaux sauvages ! Je ne veux point de ça !

– Quelle horreur !

– Pourquoi ? Mais pourquoi cette tombe ? Fallait pas !

Sur la route, en montant au « Castel », Verdeilhan songeait. Il songeait qu'une visite au « Midi-Libéré » pour consulter les archives du journal pourrait s'avérer pertinente. Les archives et plus particulièrement celles des quotidiens recèlent des mines d'informations. Rien ne leur échappe. Sous un aspect parfois jauni et défraîchi, sous une apparence fragile, les collections matérialisent la marche de la société. Le moindre élément recueilli, le plus anodin fait divers, témoigne du passage du

---

* - Dévarié : paumé, perdu, ne plus savoir ce que l'on fait.

temps, tout à la fois évolution et pérennité de l'Histoire. Mieux qu'un roman, plus précis que n'importe quelle publication. Les quotidiens demeurent titulaires de la mémoire. Et qu'on n'aille pas leur reprocher de ne relater souvent qu'une actualité glauque. Seule la température est maligne, non le thermomètre.

Il descendrait donc dans la semaine à Alès, siège du « Midi-Libéré » pour les Cévennes. Il en profiterait pour se recueillir sur la tombe de sa pauvre mère, au cimetière de la montée de Sihol. Il y avait longtemps qu'il n'y était retourné. Faut dire que cela faisait ressurgir chaque fois des souvenirs qu'il préférait enfouis. Au journal, il éplucherait les numéros du mois d'octobre 1961. S'il y avait un lien avec la date gravée sur la sépulture, il trouverait. Cela demandait de la patience, mais il n'en manquait pas. Il se coltinerait scrupuleusement toutes les pages du journal – actualités, anniversaires, carnet mondain, mariages, faire-part de naissance, nécrologies, faits divers –. Plusieurs journées seraient peut-être nécessaires et il devrait laisser en plan ce qu'il était en train d'écrire, mais certainement le jeu en valait la chandelle. D'ailleurs, l'histoire qu'il avait en chantier ne le satisfaisait pas. Trop alambiquée, pas assez en prise avec le réel.

Cette recherche, qui fleurait l'enquête policière, lui procurerait, lui procurait déjà le frisson de la nouveauté, titillait son intérêt. Une véritable aventure, autrement que sur papier, qui sollicitait ses neurones. Il partait de pas grand-chose, d'une date, d'une simple inscription sur une stèle. Heureusement qu'on tardait à fouiller la tombe et en dévoiler peut-être le mystère, le secret enfoui ! C'eut été dommage, une insulte à l'imagination, à la sagacité, que de franchir les étapes sans prendre le temps de respirer le parfum de l'énigme, l'entêtant parfum de « la dame en noir » ! Comme pour un jeu de piste. Verdeilhan se promettait de découvrir le pot aux roses avant les autorités, avant Mazel, avant Fontane. C'était dit !

Chapitre VIII

Un corps inerte – quatre-vingts kilos au moins ! – le tirer sur un terrain embarbouillé de végétation sauvage. Les pieds, bêtement à la traîne, qui s'accrochent au premier bartas venu et à tous les ronciers ; les jambes, freinées par la moindre pierre ou d'insidieuses racines en saillie ; les fesses et le cul qui se *rabalent** ; autant de poids morts ! Ni l'odeur des prés et des sous-bois, la merveilleuse odeur de campagne humide, d'herbacées, de bruyères, fougères, feuilles écrasées, ni le mutin pépiement des oiseaux cajoleurs, ni le ciel plus céruléen qu'un service de Limoges, ne sauraient distraire d'un tel effort.

Se débarrasser d'un cadavre n'a jamais été une sinécure et exécuter sa victime n'est déjà pas chose facile. Faut la prendre par surprise, sinon elle risque de ne point vouloir coopérer. Entendu, qu'auparavant, on a fait fi du cinquième commandement, vissé depuis Moïse dans le subconscient collectif et fondement de toute vie en société : « Tu ne tueras point ! » Considérant, en outre, la répugnance naturelle que l'on peut professer envers le sang, la vue du sang qui gicle, dégouline, poisse. Et l'aversion devant l'expression de la mort, l'horreur que dégage un visage blafard aux yeux de merlan frit. Tout ça impressionne et l'on y réfléchit à deux fois avant de passer à l'acte.

Enfin, c'en était fini ! Fini du cinquième... et proprement fini. L'avait fait du « propre ». Le gros n'avait pas vu venir le coup de massue qui l'avait estourbi. Surpris par-derrière, tout comme les quatre autres. Ensuite, commode de l'achever en lui faisant une intraveineuse d'air qui provoquerait l'embolie. Cela n'avait

---

* - Se rabaler : traîner, lambiner, ramer.

pas fait un pli. Quelques minutes seulement, mais beaucoup de préparation. Du beau travail. Pas une goutte de sang qui traîne. Ainsi que ses collègues il n'avait pas souffert. On ne se refait pas. Quand on est bon, on est bon ! Maintenant fallait le trimballer. Diable, il pesait son poids d'âne mort ! Le plus lourd des cinq ! Pas tout de le sortir du coffre, le tirer – il s'était *escagassé** comme une bouse, un grand « plouf » sur le sol – devoir le conduire jusqu'à sa dernière demeure, qu'il aille y rejoindre ses compagnons, à deux cents mètres de la piste. Une excellente cachette, au demeurant.

S'il y avait un endroit où dissimuler des cadavres, un endroit isolé, c'était bien les vestiges du Mas des Combes. Perdus le jour, angoissants la nuit. Avec ses toitures effondrées et ses pans de murs crénelés qui défient les vieux traversiers de toute leur hauteur d'antiques magnaneries ; avec ses fenêtres qui ouvrent sur le vide, où le vent s'engouffre, où vont crécher corbeaux et chauves-souris ; avec ses portails défoncés qui révèlent l'ancestral dallage de pièces désertes. Et l'odeur d'abandon, de solitude, partout répandue par la prolifération d'herbes folles. Tel un obscur château des Carpates ensevelissant ses secrets. Quelques fantômes de plus vont compléter admirablement le tableau.

Une bonne connaissance du terrain a toujours constitué un avantage. Le moindre criminel, stratège avant la bataille, se doit de repérer où il agit. Avoir une juste appréciation des lieux, des alentours, des cachettes éventuelles, lui permet de bien fignoler son forfait, peaufiner son crime puis, l'ouvrage accompli, d'anticiper les recherches et d'échapper aux limiers de tous poils.

Au cours d'une de ses pérégrinations, du temps où se préméditait l'opération, le site lui était paru idéal. D'excellentes retrouvailles que ces ruines connues depuis l'enfance, et la vieille citerne, dont la chape effondrée ouvre sur un puits profond. « Allez, zou ! Au bain ! Comme les camarades ! Bienvenue au club ! » La décomposition des corps filtrée par l'eau mettra plus de temps à empuantir l'atmosphère. « Finalement, en les y

* - Escagassé : écrasé.

balançant, je perpétue la tradition des cimetières dans les caves ! » Dans le temps, cela avait été une autre façon pour les huguenots de se faire enterrer. « Nos cinq de cujus font désormais partie du patrimoine ». Surtout ne pas oublier d'effacer les traces, là où herbes et buissons ont été piétinés. Brouiller les pistes, recomposer le désordre. Faire en sorte qu'on ne distingue plus les marques d'un passage, sauf celles de sangliers, témoins peut-être, mais qui sauront garder leur langue.

– Clovis, vous qui parcourez le canton dans tous les sens, êtes-vous certain de n'avoir rien remarqué en faisant vos tournées ? Une chose bizarre, un véhicule étranger ? Qui aurait stationné ?

– En stationnement ? Me souviens pas... mais des véhicules qui passent, ça manque pas ! Tous ceux de la ville qui viennent faire un petit tour avec le beau temps, sans parler des cyclistes qui se croient au Tour de France et squattent toute la largeur de la route ; et puis les chasseurs, avec leurs 4X4, leurs monstrueux Pick-up ; il y a aussi la concurrence qui fait sa tournée – je veux parler de Léonie – et... la veuve, mais sinon, rien de particulier.

– La veuve ?

– Oui, la Bertrande, toujours à traîner par monts et par vaux avec son corbillard. M'étonnerait pas qu'elle ait quelque chose à cacher.

– Clovis, vous connaissez l'histoire de cette malheureuse. Vous la voyez en kidnappeuse de petits vieux ?

– Non, pas vraiment. Mais on ne m'empêchera pas de penser, elle a mauvais œil !

– Rien qui vous aurait alerté près des demeures des disparus ?

– Si j'avais vu ou entendu quoi que ce soit de bizarre, parole que je me serais empressé de venir vous le déclarer. Rien n'échappe à Clovis ! Mais attention, hein ! Discrétion est ma devise... sauf évidemment pour vous, brigadier. Car vous représentez l'autorité ! Croyez bien, si je pouvais vous aider dans cette enquête...

– Vous bavardez avec les gens ; peut-être au cours d'une conversation… des éléments, une remarque, un comportement, une attitude ?

– Une attitude ? *Bè*... je vois pas... les gens sont normaux. Il y en a qui sont inquiets.

– Il y a de l'inquiétude chez certains ?

– Comment voulez-vous que ce soit ? Avec ce qui se passe !

– Vous avez donc remarqué des changements de comportements au cours de vos tournées ; chez qui, particulièrement ?

– Chef, je veux bien vous raconter la semaine, il n'y a aucun problème ! Lundi, j'ai commencé par « L'Estréchure », car la veuve Fantin avait reçu un recommandé des « 3 Suisses ». C'est fou ce qu'elle peut dépenser en lingerie, celle-là ! Qu'elle s'achète des frous-frous, on se demande pour qui ? Une fois, l'enveloppe du colis étant un peu déchirée, j'ai cru entrevoir une chemise de nuit avec des dentelles ! Et puis des dessous... je ne vous dis pas ! À son âge !

– Ce genre de détail ne m'intéresse pas, Clovis ce n'est pas ce que j'attends...

– Oui, bon... Ensuite, j'ai poursuivi jusqu'à Roubarbel . Ils sont quatre foyers. Les Dhombre, ceux-là ne reçoivent que des factures... et, entre nous, m'est avis qu'elles sont souvent impayées.

– Passons !

– Heu... Les Fantins ? Il me semble me souvenir qu'ils avaient une lettre de Marseille. Leur fille aînée qui fait des études de médecine et qui leur envoyait des photos, je les ai senties en palpant l'enveloppe. Ensuite, chez le père Baudis. Il était chez lui. Faut dire qu'il est au chômage depuis trois mois, le pauvre, et la mère Baudis était allée au marché. Je lui amenais une convocation de l'ANPE. Ils appellent ça Pôle Emploi, maintenant, mais c'est toujours le même fourbi. Baudis m'a payé un gorgeon et on a un peu discuté. Si vous saviez ce qu'ils lui proposent, à cinquante ans ! De faire une formation de...

– C'est bon ! On va pas continuer comme ça toute la journée. Vous ne répondez pas à ma question.

– La question ? C'était... ah oui ! « Qui était inquiet ? » *Bè*, si on met à part les femmes, surtout celles qui sont seules – avec le dingo qui les persécute au téléphone – j'ai remarqué l'autre jour que le père Picpus, lorsque j'ai frappé pour lui donner son courrier – on en profite toujours pour se siffler un ou deux pastis – et bien, le père Picpus, il m'a pas tout de suite ouvert comme à son habitude. Il a d'abord demandé qui c'était. Ensuite, je l'ai entendu déverrouiller, alors qu'il ne s'enferme jamais ! Il m'a expliqué que par les temps qui courent il préférait prendre ses précautions. Ça m'a un peu étonné, car le père Picpus, malgré ses soixante-douze berges, il est encore costaud et pourrait flanquer une rouste à plus jeune que lui.

Cette déclaration fit sursauter Mazel.

– Clovis, c'est très important ! Rappelez-vous, la dernière fois où vous êtes allé chez Claude Picpus, c'était quand ?

– Quand ? … euh... ben, c'était cette fois-là !

– Quand ? Clovis, quand ?

– Pourquoi, on l'a enlevé lui aussi ?

– Répondez à ma question !

– Ben, c'était... avant-hier, vers 11 heures et demie.

– Non de Dieu !

– Quoi ?

– Le père Picpus a disparu. On ne l'a plus revu depuis avant-hier soir.

– Vous voulez dire...

– Que vous avez certainement, Clovis, été un des derniers à lui parler !

– ...

– Si ce n'est le dernier... à l'exception de celui qui l'a fait disparaître, n'est-ce pas ?

– Hé, oh ! Brigadier, faudrait quand même pas m'accuser !

– Serait-ce justifié ? Avez-vous quelque chose à voir avec cette disparition ?

– Oh que non !

Mazel jugea utile de rassurer son témoin dont les traits se décomposaient au fur et à mesure.

– Allons ! Personne, présentement, ne vous accuse. Je mène une enquête et votre témoignage peut se révéler capital. Reparlez-moi de votre entretien avec Picpus et n'omettez aucun détail.

Et le facteur de longuement raconter, avec force digressions, incises et autres échappées oratoires, que le père Picpus, en fait, n'avait pas été particulièrement disert ni explicite.

– « Tu sais, Clovis » – qu'il m'a dit, après un long silence et qu'on ait bu un premier pastis – « personne aujourd'hui n'est

à l'abri. La campagne, c'est devenu comme la ville, il y a de la violence ». Et puis il a rajouté, après avoir paru réfléchir « et la vengeance ! Faut pas oublier la vengeance ». Je l'interrogeai, « la vengeance, de quoi, de qui ? ». Il m'a pas répondu, a remis une tournée, l'œil préoccupé par la porte. J'insistais. « De quoi tu causes ? » Alors, il m'a regardé fixement, tellement qu'il m'a presque foutu les chocottes et m'a dit... faut que je m'en souvienne... oui... c'est bien ça... ça me revient ! Il m'a dit ex-ac-te-ment : « on croit le passé mort, mais parfois il se venge ». J'y comprenais rien. C'est la première fois qu'il faisait des phrases, comme dans un livre, des phrases qui veulent dire quelque chose qu'elles ne disent pas, mais qu'elles disent quand même ! Vous... vous comprenez brigadier ?

– Continuez, continuez !

– Je voulais bien en savoir plus, mais j'ai rien pu en tirer. Il s'est fermé comme une huître, l'a encore gardé le silence et nous a versé un troisième « Ricard ». Puis, on a parlé de la ligue de football. Tous des trop payés pour ce qu'ils foutent ! Tiens !

C'est marrant, brigadier ! Vous avez vu ? « Foot/Foutent ! » J'aurais voulu le faire que j'y serais pas arrivé !

Mais Mazel n'entendait plus les divagations de Clovis.

Là, il y avait là, dans cette phrase sibylline prononcée par la dernière personne que l'on recherchait, comme les prémices d'une révélation, celle du mystère qui enveloppait toutes ces disparitions. Car, à n'en pas douter, il y avait un lien entre elles, et ce lien résidait dans cette phrase : « On croit le passé mort, mais parfois il se venge ». Picpus connaissait le mobile : La Vengeance, et il se savait menacé. Picpus aurait par le passé, ainsi que les quatre autres disparus, alimenté une vengeance. Pour quel acte commis ? Quelque vol ou trahison ? Avaient-ils lésé, dépouillé, ruiné – et de quelle manière ? – une victime, qui aujourd'hui se livrerait à des représailles ? Auquel cas, il y aurait fort à craindre pour leur survie.

Chercher le lien. Fouiller dans le passé des cinq disparus. Ils étaient de la même génération, à peu près le même âge, presque voisins ou vivant dans le même canton. Ils devaient très bien se connaître, voire, se pratiquer depuis longtemps. Avaient-ils le même passé ? Fréquenté les mêmes lieux ? Côtoyé les mêmes personnes ? Eu les mêmes amis ? Fallait approfondir tout ça. Creuser.

Clovis Bartavel sortit de la gendarmerie. Fier et satisfait, pour une fois le sentiment d'avoir été écouté avec respect par les autorités. Mazel était quelqu'un qui comptait dans le canton. C'était le chef de la Brigade. Clovis avait bien remarqué son air intéressé, comme il tendait l'oreille, comment il avait sursauté à plusieurs reprises. Parfaitement ! L'air de rien, bien plus malin qu'on croyait, il lui en avait mis plein la vue au gendarme, le Clovis ! L'avait fait mariner, attendre, espérer le scoop ! Il avait ménagé ses effets, maintenu le suspense. C'est qu'il en savait des choses, l'était pas le dernier des imbéciles ! S'il le voulait, il pouvait faire avancer leur enquête aux pandores. Il lui suffisait de parler, de parler, de leur raconter... et on l'écouterait avec attention et prévenance, comme le Brigadier-chef l'avait écouté.

C’est quand même quelque chose, la parole, qui tient en haleine, provoque, libère l’imagination. Ça rend important !

Chapitre IX

Un mille-feuille de trente et un quotidiens empilés couvrant le mois d'octobre de l'année 1961. Jaunis et défraîchis. « Finalement pas grand-chose » songeait Verdeilhan, un simple concentré de papier relatant l'éphémère. Une actualité devenue de l'Histoire, ou de la petite histoire, nouvelles et faits-divers oubliés. Quelques vieux acteurs de l'époque en gardent encore le souvenir. Souvenir de leur âge, du temps qui a passé, comme un trésor de mémoire.

En trame de fond, la guerre d'Algérie s'éternisait, nourrissait l'actualité d'alors. Les « unes » d'octobre 61 se ressemblaient, faisaient écho à ce qu'on n'osait encore qualifier de guerre coloniale – non politiquement correct à l'époque qui préférait parler « d'évènements d'Algérie ». Dans les quotidiens nationaux ou régionaux, au jour le jour, pesamment présente. Ses retombées sur le sol métropolitain. Manchette du 2 octobre : aux obsèques d'un policier, M. Papon, préfet de police de Paris, déclarait « pour un coup rendu, nous en porterons dix ! » Dans le journal du 5 octobre, on apprend qu'un couvre-feu est instauré pour les « Français musulmans d'Algérie » au nom de la république. Et puis, Paul Verdeilhan découvrit le numéro du 18 octobre. En simple encadré, y était relatée la répression de la manifestation de la veille. Ce qui dans l'Histoire est devenu le « massacre du 17 octobre » était présenté comme de simples heurts avec la police, version officielle reprise par la quasi-totalité de la presse de l'époque. « Les manifestants fanatisés ou manipulés par le FLN se sont rendus coupables de violence à l'encontre des policiers ». Bilan... plusieurs centaines de morts chez les manifestants. On ne saura jamais le chiffre exact, les archives ayant été détruites par pur hasard. Les corps qui flottaient dans la Seine s'entraînaient pour une compétition de brasse coulée.

Lourde, épaisse, glauque, sordide, l'actualité de l'époque. « Hier ne valait pas mieux qu'aujourd'hui », songeait Verdeilhan en consultant la collection. Tant que l'Homme sera l'Homme. Heureusement il y avait le sport ! Le sport qui élève, rend beau, tient en forme, maintient le moral des peuples. Et le foot en priorité ! 11 octobre 1961: Nîmes-Olympique fait match nul à Lyon O à O ! Pas mal, mais...déception, le 22 octobre, le Racing Club de France écrase Nîmes à domicile, O à 4. Salauds de Parisiens, va ! Quoi qu'il en soit, Reims caracole en tête du championnat !

Dans l'actualité internationale, Moscou a fait péter sa méga bombe en faisant trembler la Terre. Moscou, encore, vire Staline de son mausolée. Est devenu persona non grata, le petit père ! Plus facile maintenant qu'il est mort. Peut plus se défendre en envoyant au goulag le Soviet suprême en son entier. Et la région, hein ? La région ? Qu'est-ce qui s'y passait ? Qu'étaient les grands évènements du microcosme, hormis le lot de faits-divers, tous plus ou moins désespérants ? Ah ! Quelque chose d'intéressant pour l'avenir. Alès, 13 octobre 1961 : « Les militants de la partie orientale des Cévennes, en désaccord avec la conception d'un parc forestier, fondent leur propre association dénommée « Font Vive », qui se donne pour objectif de défendre le parc national comme outil d'aménagement, de protection et de mise en valeur des sites. « Nouveau, pour l'époque », se dit Paul Verdeilhan.

Mais, il eut beau farfouiller dans tous les faits-divers, il ne découvrit rien de particulier qu'il pût directement relier au mystère de la tombe. Ou alors il eut fallu qu'il considérât tous les accidents, suicides, homicides de cette période et qu'il les fasse entrer dans le caveau de l'énigme. Cela concernait quand même pas mal de monde. Cet accident mortel, survenu le 3 octobre. Quatre jeunes, sortant d'une boîte de nuit et sans doute fort éméchés, le conducteur perd le contrôle du véhicule qui plonge dans le Gardon, quai Bilina... Et ce suicide, 10 octobre. Un père de famille abandonné par son épouse se tire une balle dans la tête... Et ce drame de la solitude. Une octogénaire est retrouvée morte dans son logement au bout d'une semaine. Ses voisins surpris de voir les volets fermés... etc. Enquêter sur chaque nouvelle, équivaudrait à un travail de fourmi romaine !

Et s'il faisait fausse route ? Si la date gravée sur la pierre ne correspondait à aucune actualité, aucun fait-divers répertorié dans les journaux ? S'il s'agissait d'un événement privé, connu du seul intéressé, auteur mystérieux de la sépulture ? Une chose d'importance pour lui ou pour elle, un incident, un malheur, une fortune, un épisode de sa vie qui fut fondamental, mais n'interpella personne. Une énigme scellée au tréfonds d'un cœur inviolable. Paul leva les yeux. Autour de lui, des tables, des chaises vides. Sur les murs, des rayonnages débordants de reliures. Le silence et la poussière. Une salle d'archives, comme toutes les salles d'archives, sans doute. Et l'impression soudaine d'étouffer, d'être enfermé dans le passé, prisonnier du dérisoire. Violente claustrophobie. Paul regarda sa montre. Près de quatre heures qu'il jouait les rats de bibliothèque. Viscéral besoin de fuir, sortir à l'air libre, respirer le présent !

Quant au brigadier-chef Mazel, ce dernier s'était décidé à refouiller de fond en comble les demeures des disparus. Le grand branle-bas n'avait rien donné. Peut-être un homme seul, attentif et méticuleux comme un gendarme sur le sentier de la guerre, saurait découvrir la chose cachée, l'indice malin susceptible de fournir une piste ? Investiguer les intimités. Chercher dans les affaires muettes une réponse du passé, et dans les passés respectifs s'il y avait un passé commun.

En pénétrant dans la première maison abandonnée subitement, Mazel éprouva un certain malaise. Tout était demeuré dans son jus et cocotait ferme le renfermé. Dans l'entrée, accroché à une patère, un vieux fusil de chasse. Sur la table de la cuisine, un morceau de pain traînait, aussi sec qu'un sourire de belle-mère. Dans l'évier, des assiettes sales gangrenées de moisissure et, juste au-dessous, des cageots de bouteilles vides, testimoniaux reliefs des larges libations du maître. Un antique frigo aussi ventru que quasiment vide, seulement squatté par quelques yaourts périmés, deux œufs prêts à éclore, une tranche de jambon blanc ayant viré saumon fumé. Sur une étagère, une lampe de mineur d'un beau cuivre, malheureusement ternie par des couches successives de poussière, et quelques anciennes publications des Houillères du bassin des Cévennes narrant de vieilles actualités des charbonnages. Pas de poste télé, mais une radio grasseyante si on l'allumait. Dans la chambre, un lit défait aux draps douteux, des vêtements dans la penderie et sur les chaises. Sur le chevet, une fiasque de mauvais rhum à moitié vide. Un simple lavabo, en guise de sanitaire, surmonté d'une armoire à pharmacie renfermant comprimés pour les brûlures d'estomac, tubes d'aspirine, boîte de pansements et alcool à 90 degrés... « qui ne servait pas qu'à panser les plaies », se dit Mazel. Y végétaient aussi un antique coupe-choux, un blaireau qui avait fait ses preuves et du savon à barbe.

Dans les autres logements, le même concentré de solitude et de misère, sauf, peut-être, chez Martin Pélous, grand chasseur invétéré et amateur de ripailles entre potes. Le Martin avait hérité, fin des années cinquante, du mas de Peyroles et des hectares attenants. Une propriété qui, à l'époque, était d'un bon rapport pour ses coupes de bois, ses vignes – rares dans le coin – et son bel élevage caprin et ovin. Mais, avec le temps, l'héritier avait bouffé une bonne part de la grenouille. De l'abondance passée subsistaient toutefois de beaux restes. Le mobilier cossu, la décoration intérieure. Dans son ensemble, le mas gardait belle allure. Mais à l'intérieur, ni trace, ni indice probant. Des livres sur la chasse, dont un tout juste dépaqueté posé sur un guéridon. Dans la salle d'eau une seringue. « C'est vrai que le vieux se faisait une piqûre d'insuline tous les jours », se souvint Mazel. L'insuline se trouvait d'ailleurs à proximité. Le brigadier-chef découvrit un chéquier à peine entamé dans un des tiroirs du bureau et même un portefeuille avec quelques billets. Ailleurs, sur une tablette, une magnifique montre gousset en argent attendait encore son possesseur. Il y avait aussi, dans le buffet de la salle à manger des écrins recélant des couverts en vermeil et sur la desserte, deux magnifiques candélabres. Mazel, se fit la réflexion que Jean Valjean ne pouvait être déclaré coupable de la disparition du vieux.

Que dire de la bicoque du pauvre Gilbert Lauzier ? Pitoyable, mais rien à en tirer. Là encore, nul élément, nulle découverte susceptible de faire avancer l'enquête. Aussi, en pénétrant chez Célestin Dumas, le roi du turf, Mazel était découragé. Pour autant notre gendarme inspecta et fouilla dans les règles le logis. Il apparaissait clairement qu'il avait été déserté subitement, lui aussi, comme si l'occupant des lieux avait fui ou avait été enlevé par des extraterrestres. Le temps paraissait suspendu, meubles et objets figés dans l'attente du retour de l'habitant. Le quotidien régional ouvert à la page des courses et les tickets du tiercé non remplis abandonnés dans la cuisine, des vêtements éparpillés, encore des boîtes de médicaments. « Sont tous bien vieux, mais quand même, quelle consommation de *poutringues** ! » marmonna le pandore. « On voit bien qu'ils n'ont pas à faire l'avance ! La couverture sociale ça a du bon. » Rien de particulier, sinon... sinon peut-être... en ouvrant un des tiroirs de la commode... un cahier, un cahier d'écolier à couverture bleue.

Mazel se mit à le parcourir avec une attention extrême. D'une écriture d'enfant, hésitante, au crayon gras, Célestin avait reporté, jour après jour, très soigneusement, tous ses paris hippiques, tiercés, quartés, quintés, toutes ses mises depuis 1959 ! Y figuraient les dates, les courses, les hippodromes, ainsi que le nom des chevaux, éleveurs, propriétaires, entraîneurs, jockeys, drivers et, bien sûr, des pur-sang vainqueurs. Une somme, une encyclopédie des courses et du PMU ! Dumas avait aussi noté, au centime près, ses pertes et gains – ces derniers, à l'évidence très largement minoritaires, témoignaient d'une « entreprise » en déficit, un constat qui n'avait nullement découragé notre tabellion. Donc, peu de gains, et de peu de rapport, sauf une fois... et de taille : l'équivalent de 9000 euros de nos jours . Annoté, et souligné au crayon rouge par un Célestin qui n'en revenait sans doute pas d'une telle manne.

---

* - Poutringues : péjor. médicaments.

« 6 juin 1969, Chantilly prix de Diane. Avec les quatre potes, avons misé 10 fois sur Pawneese appartenant à la reine d'Angleterre. La jument est arrivée première ! Sommes pleins aux as, même si le gain a été partagé en cinq. Avons fait la nouba à la fête foraine, quelques folies et pris la cuite du siècle. » Et, en marge, Célestin avait noté le rapport mise/gain.

Ils étaient donc cinq à avoir parié. Dumas ne les avait pas désignés. « Étaient-ce donc nos disparus ? » Rien n'était certain, mais voilà bien une étrange coïncidence. Le lien était-il fait ? Autour de cette victoire qui rapportait à chacun près de 2000 euros actuels, une fortune pour l'époque. Une telle victoire n'avait pu passer inaperçue, sans doute claironnée par les gagnants d'une pareille manne ! Il faudrait interroger les anciens, qui avaient dû en garder le souvenir. S'assurer du nom des autres joueurs. Enfin ! Pour la première fois depuis le début de l'enquête, le brigadier-chef semblait tenir le commencement du début de l'appendice nasal d'une piste et, comme toute bonne chose ne vient jamais seule, il n'allait point tarder à faire une nouvelle découverte en réponse à ses interrogations.

En visitant l'habitation du dernier disparu, Claude Picpus, notre gendarme affûté, dénicha un cadre doré qui enchâssait une photo. Comment cette chose, exposée bien en vue sur le tablier de la cheminée entre une pendulette et une douille d'obus ciselée par un poilu pour se passer le temps entre deux tueries, avait pu ainsi échapper aux investigations ? Peut-être, justement parce qu'elle était trop visible, crevait les yeux dans sa banalité. Une humble photo noir et blanc dans un modeste encadrement. Mais là était le paradoxe : elle trônait ! Mazel examina l'objet. Une photographie de groupe, prise lors d'une fête foraine, car on distinguait des attractions en arrière-plan. Cinq bonshommes goguenards riaient de toutes leurs dents, apparemment bien éméchés – vu l'hébétude des regards et le fait que chacun brandissait une bouteille de champagne. Étaient-ce nos cinq disparus, compagnons comme cochons, qui faisaient la fête ? Mazel crut bien reconnaître dans ces visages encore jeunes, les cinq petits vieux. Et d'ouvrir aussitôt le cahier de Dumas :

« Avons fait la nouba à la fête foraine, quelques folies et avons pris la cuite du siècle ». Le 6 juin 1969, à n'en point douter ! La relation manquante entre les disparus, enfin dévoilée par ce simple cliché qui témoignait d'une joie partagée et la préservait de l'éphémère ? Pour autant le brigadier-chef savait pertinemment que cette découverte, si elle s'avérait, ne lui livrait pas encore la clef de l'énigme, qu'il s'en fallait de beaucoup. Si le lien était fait entre les cinq, il n'en demeurait pas moins que leur escamotage restait un mystère entier, très probablement le fruit amer d'une vengeance.

Chapitre X

Le ciel s'était mis de la partie. Il pleuvait. Des remontées maritimes venues de Méditerranée. Une de ces pluies fines qui embruinent le paysage d'une étoupe nébuleuse, enveloppait de tristesse le vieux cimetière. Un temps d'automne au printemps. Un funeste décor pour une opération morbide, l'excavation de la tombe du mystère. Les ordres de procéder à l'exhumation étaient enfin parvenus. Les autorités étaient représentées en la personne du substitut d'Alès. Aux premières loges, le brigadier-chef Mazel coudoyait un Gaston Fontane attentif, silencieux et drapé dans sa dignité de maire. La population du village, dans sa quasi-totalité, hormis les enfants à l'école, s'amassait derrière le portail d'entrée, tenue à l'écart des opérations par deux gendarmes veillant très consciencieusement à ce que personne ne pénétrât.

– De *diou** ! C'est qu'on va rien voir, faudrait une longue vue !

– Moi, j'ai les jumelles du papé qu'il avait rapportées de son expédition aux Dardanelles.

– Hé ! Qu'est-ce que t'attends, bouffi ? Va donc les chercher ! Je te garde la place. Z'ont pas encore commencé. Sinon, avec les pandores, on distinguera que leurs képis.

Le journaleux, le Nikon pendouillant et tout marri, s'indignait :

– Une entrave au droit à l'information ! Une dictature ! Voilà ce que c'est devenue la France maintenant !

– Dis, le Gérard, tu crois que t'exagères pas un peu ? Qu'on soit tous là-bas à piétiner, à contempler la fosse, je te dis pas la m... ! Ça rendrait pas leur tâche facile.

* - Diou ! : Dieu !

– Mais, quand même, La Presse !

– S'ils font une exception, alors ce sera tout le monde qui voudra aller voir... et puis, tu me fais rigoler. Toi, la presse ? Un petit, un tout petit correspondant local, voilà ce que t'es.

– Martin, je ne te permets pas ! T'es bien content quand je rapporte au journal les exploits de ton équipe de footeux !

– Bon, ça suffit vous deux ! Regardez, ça paraît s'activer là-bas.

– *Vé* ! Ginette, le monsieur au chapeau, je crois qu'il fait signe de commencer à creuser !

– C'est le substitut.

Et de fait, les ordres donnés, Arthur Delfieu, après avoir précautionneusement retiré la couronne qui y était posée, entreprit le tumulus. L'atmosphère baignait dans le respect et la crainte, celle de l'inconnu, de ce qu'on allait trouver. À chaque « shreutt » de pelleté, malgré sa curiosité attisée qui la rendait fébrile, l'assistance se ressentait un tant soit peu violeuse, qui consommait l'interdit séculaire, déranger la mort en son sommeil. Delfieu, assuré de la gravité de sa tache, œuvrait tout en délicatesse, une délicatesse qui ne lui était point coutumière. Il enfonçait sa pelle avec prévenance ; chacun de ses gestes, empreints de timidité et de componction, paraissait d'avance demander pardon à la sépulture de la profanation perpétrée. La terre, qu'il arrachait à la tombe et reposait délicatement sur le côté, commençait à former un tertre jumeau, comme transvasé de l'au-delà ; un monticule qui allait grandissant au-dessus d'une fosse s'excavant peu à peu.

Consciente de l'importance historique du moment, la population suivait quasi religieusement les opérations. Pas un mot plus fort que l'autre, nulle dispute ou interpellation, aucune virulence, seulement des murmures, des respirations retenues, le souffle court qui court et tétanise. Collés au portail, se haussant du col pour apercevoir au-dessus du mur d'enceinte, se poussant des épaules, hommes et femmes coude à coude, serrés comme au défilé, pressés comme à la manif, massés comme pour un enterrement, tous participaient mentalement au travail du fossoyeur, à la progression de la découverte ; ils accompagnaient Delfieu dans ses gestes, soulevaient avec lui chaque pelletée de terre du mystère, les yeux exorbités pour mieux entrevoir, distinguer. Jamais, de mémoire de Saint Germain-la-Clède, il n'y eut foule aussi attentive et complice.

– Il en met du temps, Delfieu, on dirait qu'il veut faire durer le plaisir, osa chuchoter l'un à l'oreille de son voisin

– Chut !

L'instant était trop solennel pour que quiconque le dérangeât par des propos hors de propos. Unanime, la population ; le village en son entier, respectueux et absorbé, espérait une délivrance. C'était... comme attendre un accouchement. Saint-Germain avait l'espoir de voir enfin naître une vérité, qui dérangerait peut-être d'aucuns, mais aurait tout au moins le mérite de lever le voile du cauchemar, du doute, de la peur de ce qu'on ignore.

Il y en avait un qui ne participait pas au pied de grue général : Paul Verdeilhan. Rouletabille avait jugé qu'il verrait mieux le spectacle de la fenêtre de la mairie, plutôt qu'agglutiné dans la cohue. Sa position, en surplombant l'aire du cimetière, offrait un excellent poste de vigie, lui permettait une surveillance parfaite du déroulement des opérations. Il s'était muni d'un appareil photo sophistiqué équipé d'un zoom hyperperformant. Heureuse initiative qui lui donnait la liberté de distinguer et de figer à la fois chaque détail. D'ailleurs, la fouille venait de s'interrompre et les officiels manifestaient maintenant une excitation certaine, un mouvement qui n'avait pas non plus échappé à la foule.

– *Té* ! Ça commence à bouger ! Semble que le Delfieu a heurté un truc avec sa pelle.

– Tu crois que c'est la bière ?

– Et qu'est-ce que ça pourrait-être d'autre ?

– Il a pas creusé assez. C'est pas suffisamment profond pour y enfouir un cercueil.

– Ceux qui ont fait ça n'ont peut-être pas voulu trop se fatiguer.

– Comme qui dirait, du travail bâclé !

– On n'en a pas pour notre argent.

– Pourquoi ? T'as payé quelque chose toi ?

– Bah ! façon de parler.

– Attendez ! Avant de faire des commentaires à deux balles !

– En tout cas, je dis, moi, que c'est pas sain d'enterrer si peu profond.

– ...

– Hé ! Vous voyez ! C'est une fausse alerte. Un gros caillou qu'il a déterré, l'autre. A plus qu'à continuer.

– Bon, j'aime mieux ! Avec toutes ces nouvelles maladies, on sait jamais.

Et en effet, le fossoyeur continuait à fossoyer. À l'envers de sa tache habituelle, il ramenait au grand jour l'empire de la nuit. Delfieu prenait son temps ; faisait-il durer le plaisir comme le suggérait Justin ? Il paraît que chaque être humain a dans sa vie son moment de célébrité. Alors, sans aucun doute, celui d'Arthur Delfieu était advenu. L'homme était le centre des regards, ses gestes captivaient l'attention de tous et, il n'en doutait point, chacun eût eut voulu être à sa place. Il était le bras ouvrier, celui par qui la vérité sortirait de la tombe. Il aurait certainement sa photo dans le journal, en train de procéder à l'exhumation. Il avait donc intérêt à soigner son coup de pelle, lui donner l'élégance et la solennité qui sied en pareille occasion, une occasion qui ne se reproduirait certainement jamais.

– S'ils ne trouvaient rien ? *Ben lèu** c'est une plaisanterie et on est tous là comme des bédigas à marcher... que dis-je ? à courir, peut-être !

– Si t'as raison, on aura l'air malin, quand ils parleront de nous aux actualités régionales.

---

* - Ben lèu : peut-être, tout aussi bien...

– Et le substitut qui s'est déplacé. Et la maréchaussée ! Si c'est pour rien...

– Putain de sort ! On aura intérêt désormais à filer droit. Bonjour les « pains » à venir !

– …

– Soyez pas défaitistes comme çà ! Attendez la suite. De toute façon il y a les disparitions. C'est dans le cadre de l'enquête qu'ils opèrent.

– Oui, il fallait le faire !

La tombe ayant été fraîchement creusée, la terre était assez meuble, humectée, qui plus est, par la pluie légère. Le travail était rendu facile. À environ un mètre de profondeur, Delfieu sentit au bout de l'outil une résistance. Était-ce encore une caillasse ? L'obstacle sonnait mat. Suspendant son geste, le fossoyeur se tourna vers les autorités, guettant leur approbation. D'un signe de tête, le magistrat du parquet l'invita à continuer. Delfieu fit quelques sondages avec sa pelle. Il n'y avait manifestement rien que de la terre, excepté où cela avait sonné mat, mais sur une surface insuffisamment importante pour penser à une bière. Alors, le fossoyeur, avec les gestes précautionneux d'un archéologue lorsqu'il met à jour une poterie vieille de plusieurs siècles, gratta tout autour de l'objet, dans un silence suffocant où même les mouches s'abstinrent de commentaire. On eût dit que le village, la population, les officiels, les arbres qui ne frissonnaient plus, les oiseaux figés dans le ciel, assistaient à une nouvelle nativité. Après l'avoir extrait de sa terre parturiente, Delfieu exhiba enfin ce qui de prime abord ressemblait à une urne ; fier de la hausser comme un trophée, de la présenter aux autorités sous les murmures ressuscités de la foule. Le substitut s'en saisit, suspicieux : manchot empereur devant une épave que la mer eût rejetée !

Ce n'était certes point une bombe ! Et moins une urne qu'une simple boîte en bois. Une sorte d'écrin rustique au couvercle cloué, propre à faire penser à tout – à un coffre scellant quelques économies peut-être, ou une boîte à sel – tout, sauf à un récipient funéraire. Nulle plaque gravée, aucun cartouche qui eût permis d'identifier le contenu. Un fruste coffret vierge de toute inscription qui entretenait son mystère.

Après avoir bien vérifié que la « tombe » ne contenait rien d'autre, le groupe d'officiels décida de porter le coffret à la mairie pour procéder à son ouverture. Telle une procession, ils franchirent la foule compacte. Suivi du substitut et du maire, Mazel tenait la chose à bout de bras, comme si elle eût présenté un danger, fût radioactive ou risquât d'exploser, en tâchant de l'éloigner de lui le plus possible, comme si elle dégageait une odeur nauséabonde. Mais il n'en était rien. L'objet était aussi lisse que banal, aussi neutre qu'apparemment inoffensif. Mais, sacré par l'aura du secret dont il était nimbé, faisait figure de relique. Tout juste si les descendants de parpaillots, pantois et fascinés, qui formaient une haie d'honneur, ne se prosternèrent pas devant l'énigme. Elle traversa le chœur de leurs murmures.

– Qu'est-ce que cela peut être ?

– Pourquoi pas les cendres d'une victime du milieu, qu'on a fait disparaître dans une chaudière ?

– Tu regardes trop de polars à la télé.

– Un trésor ! L'argent d'un hold-up !

– Et qu'on aurait enterré avec une couronne mortuaire ?

– Pour donner le change.

– Les braqueurs, ils choisissent un cimetière et il faut que ça tombe justement sur celui de Saint-Germain, qui est quasiment désaffecté ?

– C'est une bonne planque.

– Tu trouves ? Pour passer inaperçu, y a mieux que de signaler sa cachette par une nouvelle sépulture, qui plus est, dans un endroit où il n'a été procédé à aucune inhumation depuis des années !

– Ils savaient peut-être pas ?

– Mais c’est un grand cimetière qu’ils auraient choisi, en cachant leur butin dans une tombe déjà existante ! Et puis... non ! Si j’ai un trésor, moi, je trouve une cachette dont je peux disposer à n’importe quel moment, sans avoir à jouer au croque-mort avec le risque de me faire gauler en train de retourner le boulevard des allongés pour le récupérer !

À la mairie, les officiels laissèrent n’entrer personne, mais, comme Verdeilhan s’y trouvait déjà – était-ce son début de notoriété et la gêne pour le maire de le mettre à la porte, le substitut pensa-t-il être en présence d’un représentant de la presse et craindre sa réaction ? – il ne lui fut point enjoint de se retirer. Ils étaient donc quatre à considérer la boîte déposée sur la table du Conseil. Fontane alla quérir une paire de pinces dans le débarras et la remit au brigadier afin qu’il entreprît le couvercle.

L’attention commune était au pinacle. Nos quatre, aux arrêts, hypnotisés ! Un collège de bonnes sœurs dans un *french-cancan* endiablé n’ eût réussi à détourner un seul de leurs regards. Consciencieusement, le brigadier-chef œuvrait, qui arrachait l’une après l’autre les pointes qui scellaient le couvercle, jusqu’au moment où ce dernier vint enfin, libérant l’intérieur du coffret. À la surprise générale, il ne contenait qu’une simple photo. « Encore une photo ! » songea Mazel. Celle d’un jeune homme blond, d’une vingtaine d’années, qui posait au milieu d’une allée boisée de plantes méditerranéennes et souriait à l’éternité. Au dos du cliché, ni inscription, ni date.

« Tout ça pour ça ! » ne put s’empêcher de s’exclamer monsieur le substitut.

Chapitre XI

Des nuages complices voilaient une lune mauve. Par le fenestron à l'étage qui donnait sur l'ancienne magnanerie, on avait une vue imprenable sur la chambre demeurée éclairée. Il fallait pour cela avoir grimpé sur l'appentis du garage, exercice rendu possible par la glycine qui embrassait le mur de ses lianes. Didier n'avait eu aucun mal à franchir l'obstacle. Positionné dans l'encoignure de la fenêtre, rien de ce qui se passait à l'intérieur ne pouvait échapper à son indélicatesse de voyeur impénitent. Comme au cinéma !

Comme au cinéma, deux corps huilés par la lumière houlaient et se déroulaient, approfondissaient une vague aux cheveux d'écume. Retenues sans retenue, alchimie, architecture. Deux êtres illuminaient de leurs mains l'ondulation carnée, puisaient et s'épuisaient, se prenaient et se reprenaient ; fesses qui sans cesse se mouvaient, s'abaissaient et progressaient sans aller nulle part.

Didier avait l'image, mais point le son. Il ne pouvait entendre les respirations conjointes, les halètements. Pouvait seulement distinguer le souffle d'excitation qui fait s'ouvrir la bouche, mouille les lèvres, encourage les doigts sur la peau fourragée ; entrevoyait seulement la jouissance muette qui l'excluait. La longue chevelure brune qui battait les épaules nues fouettait le visage de l'amant comme un déni, un rejet instinctif de l'acte en train de se commettre, mais fusionnellement... c'était sa mère ! Sa mère, à lui ! – avec ce Paul Verdeilhan –, sa mère qui se comportait telle une truie, une chienne en chaleur... Léonie !

Se crisper les mains, se triturer les doigts jusqu'à ce qu'ils craquent, enfoncer ses ongles dans les poignets. Enfoncer ! Jusqu'au sang, jusqu'à creuser un sillon perlant. Voir, regarder, apercevoir, découvrir, ne rien perdre de la sueur des amants, distinguer chaque ferveur d'étreinte, chaque instant d'émotion et le faire sien, l'appréhender, l'absorber, tellement, tellement que cela fait mal, qu'on voudrait s'arracher les yeux, se griffer, se déchirer, partout, partout ! Ce n'est pas parce qu'on est une bête... la douleur, ô la douleur !

Et les deux autres qui continuaient, persistaient, se lovaient à qui mieux mieux ! Saletés, va ! Monstre à deux dos ! Usine de rut ! Le rut, que Didier n'avait encore connu, ne connaîtrait certainement jamais. L'étincelle de vie brute, l'aboutissement compulsif, la conclusion passagère toujours réitérée, l'attente universelle à produire de l'illusoire. Rite demeuré mystérieux, que sa mère ne saurait lui enseigner, alors qu'il eût tant voulu ! Et ça s'activait – *boulègue** ! *boulègue* ! – ils prenaient leur pied, les deux autres ! Quand donc cela cesserait ? Qu'il ne serait plus seul, Didier, avec ses questions, sa frustration, ses manques, sa libido sous le bras, à s'astiquer comme un dément, l'animal ?

Absorbé comme il l'était, Didier n'entendit pas le véhicule déboucher du chemin communal. La fourgonnette des gendarmes s'était approchée, les roues à pas de loup, après que la patrouille eut aperçu l'ombre juchée sur le toit. Ce ne fut donc qu'au dernier moment, en entendant claquer les portières, en bas dans la cour, que le jeune voyeur sut qu'il était découvert. « Merde, les keufs ! », ne put-il s'empêcher de s'écrier, comme s'il essayait d'alerter un complice imaginaire. Et de dégringoler, tel un singe, avec une étonnante célérité – en déchaussant quelques tuiles au passage –, de sauter derrière l'appentis sur l'auto de Verdeilhan qui par chance stationnait là, de débouler ventre à terre et *s'esbigner*** dans l'obscurité.

– Eh ! vous là-bas ! À peine interpellée, la proie s'était déjà évaporée.

---

* - Boulèguer : remuer.
** - S'esbigner : s'enfuir.

– Bien pressé, le zigue ! N'a pas demandé son reste. Ne devait pas avoir bonne conscience.

– On ne le rattrapera pas de nuit.

– Non... mais on tient sa mobylette.

La mobylette ! Le coursier indispensable, seul bien, seule richesse de Didier. Son prolongement mécanique, sa compagne de virée ! Abandonnée sans combat sur le terrain, avec le casque. Moins dépouilles opimes qu'otages de la maréchaussée.

– *Vè* ! Brigadier, je la reconnais, c'est la mob du garçon à Léonie... On le tient, il perd rien pour attendre.

– Léonie Pasquier ? Mais c'est la maîtresse de Verdeilhan. Elle doit être là. Didier devait l'espionner.

– Et si c'était lui, les appels téléphoniques ? Le kidnappeur ?

– Attendons de savoir avant de formuler des conclusions hâtives. Commençons par entendre le propriétaire des lieux.

Le drôle avait fait un tel raffut que Léonie et Paul avaient sur-le-champ interrompu leurs ébats, frustrés douloureusement d'une jouissance qui montait comme le lait – coïtus interruptus, à la grande insatisfaction du biologique – en se demandant si un ciel vengeur leur tombait sur la tête. Les deux amants se rhabillèrent en vitesse comme pris sur le vif, allèrent voir de quoi il en retournait et se trouvèrent nez à nez avec les gendarmes qui s'apprêtaient à actionner la cloche du portail d'entrée.

– Excusez-nous de vous déranger à cette heure tardive, mais nous venons de surprendre un individu sur votre toit, monsieur Verdeilhan.

– Un individu ?

– Qui s'est enfui à notre arrivée. Pouvez-vous déjà me dire s'il y a eu effraction ?

– Un voleur ? Sur mon toit ? Cela explique le barouf qui nous a alertés. Léonie et moi étions à l'étage. Apparemment aucune fenêtre n'a été fracturée. Il n'a pas dû pénétrer. Avez-vous vu son visage ?

– …

En apercevant Léonie, le brigadier eut un instant d'hésitation.

– Non, mais on a de bonnes raisons de penser qu'il s'agit de Didier Pasquier.

– Didier ? Mon fils Didier ?

– Oui, madame. Voyez, il a laissé sa mobylette. Vous la reconnaissez ?

– …

– Peut-être se contentait-il de vous épier par la fenêtre ? C'est ce qui m'a semblé.

Léonie, abasourdie, ne savait que répondre, éberluée de découvrir la présence de Didier où il ne devait pas être, n'aurait jamais dû se trouver, le seul endroit au monde où elle croyait se protéger, faisait tout pour ignorer son existence. Que Didier puisse l'espionner en ces moments privilégiés, non seulement dépassait son entendement, mais lui provoquait la nausée. Cette mobylette, évidemment elle l'identifiait ! Pitoyable témoignage d'une violation consommée. Elle matérialisait à elle seule l'implacable retour à une réalité répugnante que Léonie rejetait de toute son âme.

« Pour plus de sûreté, Monsieur Verdeilhan, je vais vous demander de vérifier toutefois si rien ne vous a été dérobé. »

Alors que le maître de maison s'absentait suivi de Léonie, accompagnés d'un des gendarmes pour effectuer les constatations, l'attention de Mazel fut attirée par un objet qui brillait dans la pelouse, juste à l'à pic de la partie du toit où s'était tenu Didier. En s'approchant, le brigadier-chef découvrit un briquet. Un briquet de marque en argent, avec, gravé sur une des faces : « Chantilly prix de Diane, 6 juin 1969 » et sur l'autre, le nom du propriétaire : « Claude Picpus », le dernier des cinq disparus.

– Vous avez laissé tomber votre briquet, monsieur Verdeilhan ? interrogea Mazel dès le retour du maître des lieux, en lui présentant l'objet tout en se gardant de le lui remettre.

– Il n'est pas à moi, je ne fume pas.

– Peut-être à vous, Madame ?

– Voilà plus de vingt ans que j'ai cessé de m'intoxiquer. C'est un briquet d'homme. Où l'avez-vous déniché ?

– Sur la pelouse. Il aura sans doute glissé de la poche de notre visiteur.

– Didier ? Mais il ne fume pas non plus ! Une fois, il a essayé et ça lui a provoqué une quinte de toux, qu'il s'est presque étouffé. Et puis, c'est pas avec ce que je lui donne qu'il aurait pu se payer un si bel objet... Mais... n' y a-t-il pas quelque chose d'inscrit sur le côté ?

– Effectivement.

– Qu'est-ce que c'est ?

– Je ne puis vous le révéler

– ...

– Il faut très vite qu'on entende votre fils, Madame. Savez-vous où il peut se trouver ?

– C'est si grave ?

– ...

– Il doit se cacher quelque part, mais il va forcément finir par rentrer à Saint-Jean.

– Nous y retournons.

Didier, effectivement, s'était tapi au fond d'une clède, comme une bête terrée attend le départ des chasseurs. Toute la nuit. À se remémorer sa frayeur de la soirée, l'angoisse d'avoir failli se faire prendre, d'être découvert par les keufs, amené au trou, sans doute battu ! Et sa mobylette ? Si les gendarmes demandent, il niera. Il dira qu'on la lui a chourée ! Et Léonie ? Ses cochonneries ! Une mère ne peut s'envoyer en l'air ! Faut que ce soit une salope pour se laisser aller ainsi, oublier sa vertu, sa pureté de mère !

Pitoyable, apeuré, transi. Toute la nuit, qui fut fraîche... Didier frissonna. Qui fut longue... Didier pleura. Le pauvre gars, au petit matin, se décida à retourner chez lui à pattes, c'est à dire, chez sa putain de mère. Il franchissait le pas-de-porte de son immeuble lorsque les gendarmes l'alpaguèrent.

– Arrête de te foutre de nous ! On sait que c'est toi qui étais chez Verdeilhan . Qu'est-ce que tu trafiquais là-bas ?

– C'est pas moi

– Et ta mob ? Elle y est arrivée toute seule ?

– On me l'a chourée !

– T'as pas porté plainte, que je sache ?

– C'est hier soir.

– Ouais ! Prends-moi pour une bille ! Tu veux que je te dise ? T'étais en train d'espionner ta mère avec son amant !

– C'est pas vrai !

– Où as-tu passé la nuit ?

– . . .

– Tu ne sais pas quoi répondre... Écoute bien, mon gars, on peut prouver qu'hier c'était toi.

– Vous mentez !

– T'as pas de chance, on a retrouvé sur le sable de la cour la trace d'un de tes baskets – ceux que tu portes présentement ! Mais que tu joues au voyeur c'est pas le plus grave. Je dirais même, je m'en tape.

– ...

– Seulement, il y a une chose dont il faut que l'on cause : le briquet !

– Qué briquet ?

– Le briquet en argent que tu as laissé tombé, certainement en escaladant le garage de Verdeilhan.

– J'ai pas de briquet !

– T'en as plus, mais tu avais celui de Claude Picpus. On vient de relever tes empreintes et – ô miracle ! – on les retrouve sur le briquet ! Alors ? Tu fais moins le malin !

– . . .

– Claude Picpus ! Ça doit te dire quelque chose ? Tu sais... celui qui a disparu avec quatre autres pauvres vieux que l'on recherche ! Si tu ne m'expliques pas rapidement comment ce briquet est entré en ta possession et bien, fils, m'est avis que tu es mal barré ! Continue ainsi à te taire, je préviens le procureur et on te met en garde à vue.

« Procureur », « garde à vue », des mots qui en imposent, sonnaient dans la comprenette de Didier comme le glas de la justice ! Cette statue aveugle, il la visualisait, telle son allégorie qui trônait sur le fronton du tribunal de Nîmes ; saisissante représentation aperçue dans un reportage à la télé, que Léonie lui avait désignée ce jour-là en le mettant en garde de n'y avoir jamais recours ! Avec son glaive et sa balance, surtout le glaive ! Ça te décapite un homme comme qui rigole !

– Je l'ai trouvé.

– Où ? Où ça ?

– Sur le sentier qui mène aux ruines.

– Quelles ruines ? Parle, enfin !

– Celles du Mas des Combes.

– Le Mas des Combes ? Et tu faisais quoi là-bas ?

– Je m'y promenais. À la tombée du jour les chauves-souris se réveillent. Vous savez, les ruines en sont *couflies**. Certains les craignent, mais moi j'aime bien, j'aime bien les chauves-souris. Leurs ailes me font penser à des parapluies. J'ai jamais eu de parapluie.

– C'était quand ?

– Quand ?

– Quand tu as trouvé le briquet ?

– Avant-hier. Juste devant les ruines. Il brillait sur une pierre, à l'entrée. Je fume pas, mais j'aurais pu le fourguer à la broc.

– Tu as déchiffré l'inscription ?

– Non, c'est écrit trop petit.

---

* - Couflies : pleines, remplies.

Mazel réfléchit. Il avait tendance à croire Didier. Ce dernier ne conduisait pas, n'avait pas le permis. Or, pour trimbaler et escamoter les victimes, un véhicule s'avérait nécessaire. Difficile qu'il soit le kidnappeur et son témoignage avait l'accent de la vérité. Le brigadier décida donc de le relâcher.

Chapitre XII

– Si cela pouvait lui mettre du plomb dans la cervelle ! J'ai bien cru qu'ils allaient le garder.

Pour la première fois, elle lui parlait de ce fils dont elle avait honte et qui venait de s'immiscer à la façon d'un cambrioleur violant leur intimité. Paul sentait le besoin de Léonie de se libérer du poids qui l'étouffait ; que durant ces dernières heures, alors que Didier était entendu à la gendarmerie, elle débordait d'inquiétude.

– Ils voulaient savoir pour le briquet.

– Il appartient à un des types qu'on recherche. En plus, c'est une de mes relations.

– Tu le connais ?

– C'est un de mes commanditaires occasionnels. Je lui amène des colis de la pharmacie.

– De là qu'ils te suspectent !

– Et pourquoi donc ? C'est Didier qui a trouvé le briquet. J'y suis pour rien, moi !

– Ne t'énerve pas, je ne faisais que plaisanter. Si je peux me permettre un conseil, tu devrais un peu plus surveiller ton fils. Il me semble qu'il traîne un peu partout, et parfois où il ne faut pas.

– De quoi je me mêle !

– Holà ! Holà ! Moi, ce que j'en dis.

– Excuse-moi, je suis à cran. Tu as raison... Je délaisse Didier, je l'ai toujours délaissé. En fait, j'en ai jamais voulu, il s'est imposé à moi.

– Que veux-tu dire ?

– Ce n'est pas un enfant de l'amour. À l'époque, je faisais ça comme on se mouche, pour me prouver je ne sais quoi. Ma liberté, peut-être. C'est le contraire dont j'ai hérité. Un marmot que j'ai dû élever seule, pas très malin, limite handicapé, et dont l'existence me pèse.

– Pourquoi n'as-tu pas avorté ?

– J'ai eu peur de la faiseuse d'anges. Quand je suis rentrée dans la pièce, j'ai vu la bassine, l'aiguille... et puis... le linge m'a paru sale.

– …

– Alors j'ai cru pouvoir assumer, l'élever.

– Tu l'as élevé.

– Oui... mais je ne l'aime pas.

– Tu t'inquiètes pour lui.

– Et pour moi.

96

Quelque chose tracassait Paul. Il ne s'agissait pas de Léonie, de ce qu'elle lui avait dit. Non. C'était après qu'elle soit partie. Quelque chose qui n'avait rien à voir avec leurs échanges sur Didier. Autre chose... qui affleurait, très vague, mais lancinant, que Verdeilhan peinait à se remémorer. Même pas un souvenir, juste un détail. Fugace image liée au contenu de la mystérieuse boîte exhumée de la fausse tombe. Lien qui voulait se faire. Relation qui s'imposait, qu'il ne pouvait, ne saurait éluder, mais pour l'instant fuyait sa pensée, lui échappait. De quoi donc s'agissait-il ? Se concentrer sur la photo du coffret. Que représentait-elle ? Un jeune homme. Ce n'était pas le jeune homme, ce n'était pas son sourire, ce n'était point au premier plan. Derrière... l'environnement... oui, à l'arrière-plan... la perspective. Un site, comme un décor, un signe. Mais où avait-il bien pu voir un pareil paysage ? Qu'est-ce que cela lui rappelait ?

Étrange, la mémoire. Chacun sa bibliothèque personnelle et ses tiroirs profonds, ses petits rangements. On sollicite l'ordinateur intime qui va quérir le souvenir, fouiller, retrouver dans les dossiers classés – très souvent enfouis sous des monceaux d'oublis – la fiche impressionnée de passé que l'on tire, comme d'un bain révélateur. Qui va s'exprimer au présent, se reformuler avec son déroulé d'images, s'éveiller. Totale recréation, recomposition, nouvelle version d'un ancien film.

Braves petits neurones ! Ça y était ! Il avait trouvé ! Flash ! Révélation ! Le lien établi ! Les recherches aux archives du « Midi-Libéré ! » En compulsant la collection, il était tombé sur un article agrémenté de photos, en page intérieure d'une vieille édition du dimanche. Un reportage sur le cimetière marin de Gruissan. Paul était quasiment sûr – oui ! – d'y reconnaître le paysage devant lequel posait le jeune homme.

De mémoire, le papier journalistique présentait, photos à l'appui, les particularités du cimetière marin de Gruissan, une allée bordée de cénotaphes menant à une chapelle. Paul avait oublié le nom de la chapelle. Ce dont il se souvenait, c'était la perspective de l'allée. Elle cheminait à travers une pinède, serpentait et grimpait jusqu'à un édifice religieux. Le même panorama que sur la photo avec le jeune homme. Sauf, que sur le moment, à la mairie, il n'avait pas remarqué ou prêté attention à de quelconques monuments funéraires. Sans doute ceux-ci devaient bien apparaître, mais si petits qu'on devait difficilement les distinguer dès lors qu'on n'était point prévenu. Il fallait impérativement qu'il s'en assurât, visionnât à nouveau les photos. Pour les archives, cela ne poserait pas de problème. Par contre, il ne voyait pas en quelle qualité il demanderait aux autorités de lui remontrer le cliché. Enfin, il tâcherait de s'en débrouiller !

Un cénotaphe. Une tombe qui n'en est pas une, ne recèle aucune dépouille, mais avec tous ses attributs – croix, dalle, épitaphe –, érigée à la mémoire d'un disparu. Toujours, l'Homme a voulu concrétiser la mort par des monuments et, lorsque les circonstances l'empêchent d'enterrer ses défunts, le voilà qu'il dresse des stèles où se recueillir. Imaginaire d'un lieu idéal pour l'âme des disparus, lieu d'éternité où l'échange se perpétue entre les vivants et l'ailleurs, impossible porte sur l'au-delà. En ce qui concernait Gruissan, il s'agissait d'honorer le souvenir des marins qui ont péri en mer et dont les corps n'ont jamais été retrouvés. L'article – Paul se le rappelait – mentionnait des pèlerinages à Pâques et à Pentecôte où se réunit toute la population.

Vite revoir les photos, relire le reportage !

Diable ! c'était à sa portée ! Il avait oublié qu'il avait eu le temps de prendre une photo, une photo à la mairie, une photo de la photo ! Mais oui ! Elle était dans son appareil, il n'avait plus qu'à la visualiser sur l'ordi et, tant qu'à faire, quelques sites sur Internet, quelques pages, devaient bien traiter du cimetière marin de Gruissan ! Il l'aurait, sa réponse !

Internet ! Quoi qu'en maugréent certains amers des temps anciens qui préfèrent se trimbaler des tonnes de volumes encyclopédiques jamais à jour, il suffit de taper le sujet que l'on veut, s'interroger sur n'importe quoi. Zou ! Le moteur de recherche fournira avec certitude un tantinet de sites qui en traitent et on obtiendra, in fine, de quoi satisfaire son légitime appétit de savoir.

Une preuve ? Tiens ! Pris au hasard... un mot, un vocable improbable, inusité – à l'exception de quelques cuistres – totalement superfétatoire dans la vie de tous les jours, inconnu du commun des mortels : le mot anacoluthe. Hein ? Avec angoisse, voilà qu'on se questionne. Outre un des jurons favoris du capitaine Haddock, on n'a de cesse de se demander ce que cela peut bien signifier ? Une espèce d'énorme serpent d'Amazonie, proche parent de l'anaconda ? Un motif de chapiteau corinthien ? Une tribu inuit ? Ou serait-ce plutôt une forme de nœud marin, une plante carnivore, un ancien instrument de musique ? Il suffit d'avoir recours au réseau, taper « anacoluthe » – même avec une faute d'orthographe ! – et hop ! Wikipedia, Wiktionary et autres Lettres.org se font un devoir de nous fournir la réponse ! Bon, quand on saura qu'anacoluthe est du genre féminin, qu'il s'agit d'une figure de style « consistant en une rupture dans la syntaxe provoquant généralement un effet de surprise », il y a de quoi en rester baba. Aussi, épuisés que nous sommes par cette longue quête, les réponses d'Internet nous ramènent au sujet.. (Si ce n'est pas une anacoluthe, ça, je remise ma plume dans son plumier !) Mais revenons aux cénotaphes.

Verdeilhan avait trouvé. Un article reprenait peu ou prou, ce qu'il avait lu dans le vieux numéro du « Midi-Libéré »:

« Le cimetière marin de Gruissan, appelé aussi "Allée des naufragés" est un lieu unique en France. Isolé au cœur du massif de la Clape, le site des Auzils est un havre de paix où il fait bon se promener, en famille et à son rythme. Tout au long du chemin qui mène à la chapelle Notre-Dame-des-Auzils, les Gruissanais ont élevé 27 cénotaphes – tombes vides – à la mémoire de leurs marins disparus. Le cimetière marin de Gruissan a une âme. C'est un endroit d'une beauté et d'une exceptionnelle solennité. Peut-être l'une des plus belles et secrètes nécropoles. »

« Lors des pèlerinages de Pâques et de Pentecôte, une population officielle se confond à la jeunesse, drolatique et un rien dissipée. Croyants et non-croyants rendent hommage aux naufragés, pècheurs et leurs familles assistent à la messe dans la chapelle. »

« Mentionnée dans les archives depuis 1223, Notre-Dame-des-Auzils fut reconstruite en 1635. Elle était à l'origine un simple ermitage, étape sur un chemin de corniche dominant de loin la mer... et signal d'espoir pour les marins au large. C'est depuis 1797 que les Gruissannais processionnent jusqu'à la « Bonne Mère ». Depuis le 28 février 1797, date à laquelle il y eut sur mer une tempête si affreuse que trois bateaux de pêche furent submergés et vingt-neuf personnes qui en composaient les équipages périrent. »

« Après avoir gravi la longue côte, visité le jardin de l'ermite – à mi-parcours – et sa cabane, puis la chapelle, on admirera le panorama incomparable que l'on voit tout autour : Saint-Pierre, Narbonne-Plage et Port-la-Nouvelle, Gruissan et la Méditerranée. »

Le texte était illustré de photos du site, de l'allée serpentine avec les cénotaphes dressés çà et là – chacun portant le nom d'un marin perdu en mer et le récit de son naufrage –, et de la chapelle qui domine, trapue, protectrice et consolatrice. Y était notamment présenté le mémorial en forme de voiles mauresques érigé « À la mémoire de (suivait la longue liste des naufragés) marins-pêcheurs de Gruissan péris en mer le 10 ventôse an V », en référence au drame du 28 février 1797 dont l'article faisait état.

Il fallait maintenant que Paul examinât la photographie prise à la mairie, pût comparer. Rien de mieux que l'écran de l'ordinateur pour visualiser les détails... Aucun doute. Le portrait du jeune homme avait été pris au même endroit. L'intuition de Verdeilhan s'avérait bonne. Il ne s'était pas trompé. Il s'agissait bien de « l'allée des naufragés ». On la distinguait, qui frayait à travers les pins d'Alep et quelques cyprès ; mais, surtout, on apercevait, émergeant de l'ombre, comme une stèle, et plus loin, sur la gauche, juste devinées, une autre, puis une autre : les cénotaphes ! Quant au premier plan, au pied du jeune homme, se remarquait cette chose métallique fixée au sol, sorte de bitton d'amarrage, qui désignait l'entrée du cimetière marin.

Paul devint songeur. Il y avait plus qu'une simple coïncidence entre le mystère de la tombe de Saint-Germain surgie en une nuit – qui s'était avérée ne contenir aucun cadavre – et les cénotaphes de Gruissan. Que la photographie contenue dans le coffret exhumé de la fausse sépulture fût prise dans l'allée de mémoire où justement on se recueillait devant des tombes vides, cela ne pouvait en aucune manière être dû au hasard. La relation était certaine, le message, patent... à celui qui saurait le déchiffrer.

Mais ce jeune homme, qui était-il ? Un marin, futur naufragé ? Vu le type de photo, couleur passée, avec un mince liseré dentelé – approximativement, prise vers les années soixante – ce qui correspondait d'ailleurs à l'inscription gravée sur la pierre tombale, à Saint-Germain : octobre 1961 – si naufrage y avait-eu, rien n'était moins certain ! – il ne devait pas remonter à des temps très anciens. Le jeune homme, bien vivant sur le cliché, qui posait en souriant, vêtu d'un polo et d'un jeans, rappelait plus le James Dean de « Géant » ou de « La fureur de vivre » qu'un héros des « Travailleurs de la mer » ou de « Pêcheurs d'Islande ». En considération de quoi, Verdeilhan fit vœu de se garder de toute extrapolation hasardeuse.

Pour autant, le lien avec le cimetière marin crevait les yeux. Cette histoire de cénotaphes et de sépulture qui n'en est pas, n'était rien moins qu'ordinaire. Un vrai sujet de roman... de roman policier. Et celui ou celle qui, lors d'une nuit, avait pris la peine de creuser une tombe vierge dont le secret enfoui résidait en une image symboliquement la renvoyant – une allée bordée de cénotaphes avec, au centre, tel un témoin, le portrait d'un jeune homme fixant l'objectif – méritait un large coup de chapeau. Celui destiné au savoir-faire d'un habile metteur en scène. Paul Verdeilhan assurément en convenait.

Chapitre XIII

Cocoritement juchée sur sa meule de foin, Célimène, la petite chatte au pelage isabelle de la mère Leiris, défiait l'univers de sa félinité. Et d'abord Clovis, qu'elle toisa, stoppant sa toilette pour le regarder passer. Lui, de maugréer comme à son habitude quand il démarrait sa tournée. « Foutus greffiers qu'ont rien à foutre de toute la sainte journée ! Et que je me nettoie par-ci, me *pelape* par-là, glisse la patte au-dessus de l'oreille et me pelote et *m'encagnarde** ! Alors que bibi, qu'il neige, pleuve, vente, s'en va aux quatre coins livrer le courrier au monde civilisé ! »

Mais, s'il *rondinait***, c'était pour la forme, car notre facteur avait une haute idée de sa fonction, du rôle primordial à lui échu. Clovis n'aurait jamais troqué sa place, car il faisait le lien, lui ! Reliait les hommes. D'autant plus, dans un habitat dispersé de hameaux isolés. Grâce à la Poste, au service public – Clovis insistait sur ce point, avec dans la voix de solennels trémolos – nul n'était laissé à l'écart. Clef de voûte du système, position stratégique qui lui permettait de tout savoir sur le petit monde qu'il irriguait. Rien ne lui échappait. Qui donc recevait quoi ? Colis, abonnements, recommandés, trahissaient habitudes des uns, addictions des autres, petits ou lourds secrets. Et les factures de consommations, les rappels d'impayés. Rien de si révélateur qu'un envoi postal. Sans parler des factures, il est relativement facile de deviner en tâtant l'enveloppe, en visualisant le cachet sur le paquet. Deviner la provenance et le contenu. Simple question de métier, d'habitude.

---

* - S'encagnarde : se prélasser au soleil.
** - Rondiner : rouspéter, gronder.

Mais attention, attention ! Pas question de trahir le secret professionnel. Clovis avait une éthique, motus et bouche cousue. Tout ce qu'il savait, il le gardait pour lui, enfoui dans sa mémoire, sa bibliothèque secrète, son « enfer » ; sauf aux gendarmes, pour la bonne cause, et il ne leur avait dit que ce qu'il avait bien voulu. Sinon, discrétion assurée. Bon, lui était bien arrivé une fois, l'emballage du colis étant un brin déchirée, de jeter un bref coup d'œil, mais était-ce sa faute si sur la boîte était reproduite en photo la lingerie fine qu'elle contenait ? Destinée à la veuve Fantin. Une sacrée surprise quand même. Et Clovis d'imaginer la rondouillarde dans son intimité, se mirant affriolée dans la glace de l'armoire. Pour quelle solitude ? On ne lui connaissait point d'amant... Y avait eu aussi les publications du « Centaure » – vu le cachet imprimé sur l'empaquetage rose bonbon, elles ne devaient certainement pas traiter de l'assomption de la Vierge – que recevait très régulièrement Marius, le gentil, très gentil garçon du « Café du Midi » à Anduze.

Non ! Jamais pour un empire, Clovis n'aurait voulu exercer un autre métier. Eu égard à son âge, au fait qu'il arrivait en fin de carrière, l'administration des postes avait daigné lui mitonner un secteur au poil autour de chez lui où il œuvrait en toutes connaissances. Petit mot à l'un, petite bavette avec l'autre. S'enquérir de Jules tombé de son cerisier l'été dernier, dont la hanche le faisait souffrir depuis, qui ne pouvait plus se baisser pour ramasser quoi que ce soit, malgré ce qu'en disait le toubib, « *psi... psico... sonnematines* » – un âne ! Et la mère Peladan qui lui parlait du fils : il n'en foutait pas une rame, toujours à se plaindre, à récriminer contre l'administration, le chômage, la C.A.F, le R.S.A, la droite, la gauche, que sais-je, du matin au soir le cul dans son fauteuil, à écouter du rape, que ça hurle, que c'est pas de la musique et que j'insulte la mère. Misère !

– Allez, tu reprendras bien un *pastaga** ?

– Eh ! Oh ! Octave, c'est que j'ai pas fini ma tournée, moi. Qu'est-ce que tu crois, c'est du sérieux !

---

* - Pastaga : pastis.

– Un petit ! Tu vas pas rester sur une jambe ?

– D'accord, mais c'est bien parce que c'est toi, le dernier, sûr !

Ainsi, le partage, la convivialité, toujours. La fonction de facteur n'était pas seulement de distribuer le courrier. Fallait communiquer, être ouvert aux autres, mission de proximité et d'écoute. Télé, « Internette », même les « aïdepodes » qui te font tout, à part servir le café, ne pouvaient concurrencer. *Batailher** avec Jules, en sifflotant son « Ricard », sur les erreurs de la défense du Nîmes-Olympique qui s'en est encore pris deux l'autre soir ; des calculs du Lucien – que ça lui fait un mal de chien, qu'il a l'impression de pisser des lames de rasoir : « à boire trop d'eau, trop calcaire, voilà ce qui arrive ! » ; prendre un peu de temps sur sa tournée pour relater à la pauvre Adrienne qui n'y voit goutte les dernières nouvelles du voisinage : L'Yvonne, surprise dans la clède avec le berger, façon de lui faire une avance avant la transhumance.

– L'Yvonne ? *Què*, Yvonne ?

– Mais Yvonne Gravas, vous savez la mère, c'est la fille à Valmalle, celle qui a épousé cette nouille de Justin, Justin Gravas, l'héritier du domaine de Fontevieille, qui a eu la chance d'avoir des ancêtres moins benêts que lui. M'est avis que c'est plus pour sa bourse que pour ses bourses.

– Ah ! *Pecaïre*** !

Près des gens, Clovis – administrés, concitoyens –, au milieu de ses ouailles ; à l'écoute, informé et bourré d'empathie. Non, vraiment, pouvait pas rivaliser Dutronc-Pujadas !

Et puis il arrivait que la tournée fût plus courte. Soit que le courrier à distribuer eut été moindre, soit que notre facteur eut moins baragouiné. Alors... Alors, Clovis faisait « la poste buissonnière », courait la campagne, sa liberté en bandoulière, dans ces Cévennes profondes où même la solitude paraît peuplée. Où pouvait-il aller ? Que pouvait-il bien y faire ? Au gré

---

* - Batailher : parler beaucoup et vite.

** - Pecaïre ! : peuchère ! : le/la pauvre !

des vents, de l'imaginaire et de ses envies. Pénétrer dans les eusières, s'enfoncer sous les *castanets**, *s'esbrousser*** dans quelque draille et la moindre sente pour s'y perdre. Cul assis sur une souche au milieu d'un *pélencs****, à mémoriser sa journée – courrier distribué, paroles échangées, regards, visages, rides, attentes et soucis – à contempler les nuages qui se transforment au gré de la pensée, se muent en des apparences que Clovis seul imagine. Ainsi, les courbes ondulantes de la belle Cécile, entrevue ce matin près du bassin, lorsqu'elle étendait son linge ; les physionomies de Marie ou d'une telle, changeantes selon l'heure et les occupations ; la face rubiconde d'Octave qui paraît s'en foutre de tout ce qui peut arriver. Autant de pensées qui tournent et donnent le vertige, fuient pour mieux revenir, insistantes et plus exigeantes. Ces silences révélaient des forces ignorées en lui, des envies secrètes ; elles faisaient surgir un autre homme, un inconnu, un étranger que Clovis redoutait, qu'il supposait capable de tout, du meilleur comme du pire.

Aujourd'hui, sa course avait mené notre facteur vers un lieu qu'il connaissait depuis sa tendre enfance et où parfois il se déroutait, le Mas des Combes. Aussi loin qu'il se le rappelât, l'angoisse suintait de ces pierres. La peur, qui l'accompagnait chaque fois que sa mère le traînait chez les cousins Peyrebelle. La vieille, surtout, lui foutait le *tracsir*****. Momie éternellement recroquevillée près de l'âtre, les mains crochues d'arthrose, de longue dodelinant de la tête, la face ravinée cuite par les flammes, qui le fixait de ses yeux chassieux. Autour de ce fantôme, la maison entière semblait se pétrifier, du moins ce qui en demeurait. Les deux tiers des dépendances ne formaient plus déjà qu'un champ de ruines et le corps principal présentait ça et là des blessures mortelles – murs éboulés, brèches dans la toiture –, que chaque hiver de plus allait aggraver. Et c'était pas le vieux Martin qui y pouvait grand-chose. Le fils à l'ancêtre, voûté d'avoir trop

* - Castagnets : châtaigneraies.
** - S'esbrousser : s'enfuir dans la campagne.
*** - Pélencs : pâturage montagnard d'herbe rase
*** - Tracsir ou traczir : (argot) tac, peur, stress, angoisse.

longtemps *bézugné** les maigres barres de la propriété, la tremblote compulsive, survivant ultime après la mamée – depuis des lustres leur descendance s'étant carapatée – le tordu n'en pouvait, mais...

Quelle perversion motivait sa mère à le trimbaler dans cet antre de malheur où suait la désolation ? Pas un séjour pour un enfant... loin de la fête foraine ! Et jamais de bonbons ; juste, toutes les fois, un biscuit ramollo qui avait goût de savon. D'enquiquinantes heures à contempler les mouches qui persistent – les connes ! – à se coller dans le ruban constellé de leurs coreligionnaires, autant de petits points grenus comme des *cagadettes*** de chèvres. Un ennui à faire bâiller un rat mort, sauf quand, quelquefois, une autre parente venait prendre des nouvelles des vieux, accompagnée d'un enfant de son âge avec lequel il partageait le doux émoi d'arracher les pattes aux sauterelles. Mais ce n'était pas toujours. Hormis la présence occasionnelle de cette cousine, sa mère faisait l'essentiel de la conversation à la momie et à l'*escamandras**** bossu, leur narrait l'actualité du village, le dernier avatar. Faut dire que les deux vioques montaient très rarement palabrer à Saint-Germain. Clovis se demande encore s'ils savaient en quelle année ils survivaient. Mais pourquoi donc, pourquoi maintenant errer près de ces ruines qui puaient la mort ? Ce n'était pas seulement une image, Clovis réalisait que ça schlinguait abominablement dans le coin.

Le ronronnement rauque d'un vieux moulin désigna l'antique « Citron ». Clovis eut juste le temps de se tapir derrière un *bartas* avant que la traction ne s'arrêtât en haut du chemin. La « veuve » apparut. Le facteur reconnut la longue forme noire, raide comme la justice, qui se radinait, le visage en partie dissimulé sous un fichu. « Un fantôme en plein jour ! Qu'est-ce qu'elle fiche là ? » Bertrande dépassa Clovis sans se préoccuper des alentours, comme sous hypnose, et entreprit la ravine vers

---

* - Bézugner : travailler durement.
** - Cagadette : crottes.
*** - Escamandras : monstre, épouvantail (grand et maigre).

un but seul connu d'elle, ne s'inquiétant nullement des ronciers qui s'agrippaient à sa robe.

Clovis, la curiosité attisée, se fit un devoir de jeter un coup d'œil à ce que « la veuve » pouvait bien trafiquer. Tout en gardant ses distances, il descendit donc sur ses pas, jusqu'à un traversier redevenu sauvage où la veuve s'arrêta pour se recueillir... Se recueillir longuement. Clovis la distinguait de dos, raide et figée, la tête penchée, telle une de ces pleureuses de pierre qui veillent dans certains cimetières sur l'éternité des tombeaux. Immobilité fascinante et un silence tout autour qui paraissait complice – ni oiseaux, ni insectes, ni bruissement de la moindre feuille. Clovis n'aurait su dire combien cela dura, mais crut mourir de retenir de longue sa respiration. Et puis, très soudainement, comme si elle avait perçu sa présence, Bertrande se retourna. L'ombre fixa l'indiscret qui, pris de panique, reculant, buta contre une racine et *s'enlastra** de tout son long dans les fougères. Il n'eut point le temps de se relever qu'elle était déjà sur lui, le dominant de sa hauteur. Il ne distinguait pas ses traits, couverts par le voile, mais les yeux qui brillaient au fond. Un regard qui, assurément, ne devait pas être bienveillant. Bertrande se pencha sur le malheureux et lui cracha au visage avant de tourner les talons.

Clovis, tétanisé, la vit remonter puis disparaître. Il lui fallut un certain temps avant d'oser le moindre mouvement. Quand il se fut enfin relevé, il aperçut au centre du *bancel**, comme un petit autel, une imposante lauze qui reposait sur deux grosses pierres. Dessus y trônaient deux douilles de chevrotines dans lesquelles étaient fichées des violettes. « Complètement fada, la veuve... qu'est-ce que c'est que ce machin ? On dirait comme dans une église, mais sans fanfreluches et tout le saint frusquin... Seulement deux antiques douilles ! Elle s'est prosternée – cette sorcière ! – devant deux misérables douilles qu'elle a fleuries !

---

* - S'enlastrer : s'étaler, chuter.
** - Bancel : traversier, espalier, terrasse.

Une malade, *pasmens** ! Et puis, c'est quoi de me balancer un glaviot ! Sont-ce des façons de faire ? C'est pas bibi qui l'a invitée à rappliquer et le coin, que je sache, l'appartient à tout le monde, même que j'y suis plus chez moi que cette vieille bique, rapport au cousinage avec le Martin et la mémé ! Quand je dis qu'elle tourne pas rond, la veuve, qu'elle me fout les chocottes. À faire des messes noires avec son mauvais œil. » Et sur ce jugement définitif, le facteur se résolut à regrimper la ravine, angoissé toutefois de retomber sur Bertrande...

Bertande qui, effectivement, n'avait pas encore redémarré. Installée sur le siège du conducteur, la tête noyée dans son fichu et renversée en arrière, la vieille paraissait prise d'un malaise. En fait, elle songeait. « Cet imbécile de facteur ! Voilà qu'il a découvert mon temple secret. Il va le raconter partout, en faire les gorges chaudes et ils vont tous radiner. Cela ne leur suffit pas d'avoir tué ce que j'avais de plus cher. À cet endroit même... mon pauvre *droulet** ! Maintenant, ils vont piétiner ce lieu sacré ! Tous des rustres ! Assassins, complices et fils d'assassins. Villageois, chasseurs, gendarmes. Pas un qui mérite le respect. Mais je ne me laisserai pas faire. Le sort s'acharne déjà sur eux. La peur les gagne et pourrit leurs nuits. Vengeance divine ! Ils paieront le prix du sang jusqu'au bout. »

Clovis attendit de voir la traction s'en aller pour sortir du bois. Pas sûr, pour autant, qu'il rapporte au village cet épisode, somme toute peu glorieux. Cela entraînerait trop de questions, notamment sur sa présence pendant ses heures de travail dans un coin où aucun courrier n'était à distribuer. En outre, Bertrande était capable de lui jeter un mauvais sort. Raison et prudence lui commandaient donc de se taire.

---

* - Pasmens ! : pas moins !
** - Droulet : enfant, gamin.

Chapitre XIV

Même en pleine journée le lieu ne prêtait à franche gaieté. D'ailleurs, le soleil n'osait pénétrer qu'avec réticence et parcimonie, comme s'il eut redouté de s'y retrouver prisonnier. Quelle idée de bâtir un mas sur l'ubac, presque au fond d'une combe. D'accord, les ancêtres avaient dû considérer la source proche, jamais tarie. C'est vrai qu'en été le cagnard rachitique en cet endroit n'arrive jamais à l'assécher ! Mais voilà quand même un coin à vous foutre une neurasthénie carabinée. Si le Cévenol craignait la solitude, ça se saurait. Elle fut souvent son lot, dans les mas dispersés, parfois isolés les uns des autres de plusieurs lieues. Les soirées, il y avait la Bible, la sainte lecture au *cremah** du foyer. Et puis, les travaux aux bancels, épuisants et salutaires, garantissaient des nuits de bûcherons ! Mais là, dans ce trou, ce n'était point la solitude d'un ermite ascétique, d'un misanthrope forcené, c'était... la mort, au jour le jour, la mort en tapinois.

Mazel comprenait parfaitement que les habitants du lieu lassés, de génération en génération, de trouver le vieil oncle ou le grand-père pendu, mémé muette, les enfants idiots et l'épouse bilieuse, avaient fini par plier bagage, s'en étaient un jour allés voir ailleurs les matins qui chantent. Vraiment, ça, il comprenait !

Elle l'épiait, l'observait torve, mauvaise, l'énorme bâtisse du Mas des Combes... enfin, ce qui en demeurait. Avec ses ouvertures chafouines, ses murs éventrés, ses toitures scalpées. Horrible façade qui ricane et dévoile une bouche anodonte ; gueule d'une gargouille prête à bondir, à déchirer de toutes ses ronces. Vieille ruine malfaisante et qui sentait mauvais. Car, à l'évidence, ça cocotait ferme dans le coin !

---

* - Cremah : crémaillère, âtre où pend la crémaillère

« Il a des goûts bizarres, le Didier, de venir *fousigner** ici, et surtout de nuit ! » Ne put s'empêcher de s'exclamer Mazel, pour rompre le silence qui commençait à lourdement peser sur la sérénité de son képi. « Et moi, d'avoir cru à ses racontars, songea-t-il. Un des disparus se serait-il perdu par ici ? Quant à cette odeur de cadavre... ? »

Nul bruit. Les oiseaux aussi avaient déserté. Quelques frustes corbeaux qui squattaient les vestiges s'étaient envolés dès l'arrivée du gendarme, de crainte d'être embarqués pour occupation illégale des lieux. Les autres espèces n'étaient pas suffisamment suicidaires pour nicher dans cette catacombe. Même les insectes se faisaient discrets, évitaient de *batailher***. Seules, parachevant le décor, demeuraient les chauves-souris ; mais présentement elles dormaient, les pipistrelles.

« Qu'est-ce que ça pue la charogne ! Je dois m'assurer d'où vient cette infection. Possible que ce soit un sanglier qui ait crevé en cachette, de quoi empoisonner les sources. Pas doués les chasseurs s'ils font le travail à moitié ! Et les chiens ? Faut qu'on renifle à leur place, peut-être ? »

Mazel traversa le sentier pour rejoindre les ruines qui semblaient l'attendre. Marqua le pas devant l'imposante pierre couchée sur le seuil – certainement un linteau éboulé – où Didier, selon ses dires, avait trouvé le briquet. Le gendarme fit une rapide inspection. Des branchages cassés, l'herbe piétinée. L'atmosphère était pestilentielle, à faire s'enfuir une colonie de putois en rut ! Ce n'étaient quand même pas les défécations des chauves-souris qui pouvaient provoquer ces remugles abominables ? « Bravo le laisser-aller ! »

Non ! Mazel reconnaissait l'odeur caractéristique des chairs en décomposition. Fade, surie, écœurante. Il n'y avait pas d'erreur possible. « Si c'était le cadavre d'un des disparus ? » Celui de Claude Picpus, précisément. Cela expliquerait la présence du

---

* - Fousigner : farfouiller avec le groin, fureter (pour un cochon ou un sanglier).

** - Batailher : parler beaucoup et vite en référence au battant de cloche.

briquet. Cette trouvaille, à cet endroit précis, justifiait qu'il se soit déplacé, lui, Mazel, brigadier-chef de son état, en quête d'indices. Le témoignage de Didier était un des rares éléments dans cette mystérieuse affaire. Pourtant on avait bien fouillé par là. La brigade, les unités cynophiles y étaient passées et même repassées. Aucune odeur particulière alors, à l'exception du thym et des résineux, comme partout en Cévennes. La meute n'avait rien flairé.

Avec circonspection, le brigadier-chef pénétra dans la nécropole. Dans la partie où le toit s'était écroulé, un ciel froncé contemplait le désastre des ruines, éclairait d'une lumière blafarde la pâle progression du gendarme entravée par les décombres. Les pierres boulaient sous les pieds du visiteur. Il avançait, péniblement, déséquilibré, s'appuyant aux murs lépreux dont des débris de chaux se desquamaient. Le bruit des brisures au sol, des pas écrasant les gravats, masquait comme un écho, un discret frottement que Mazel n'entendait pas, tout occupé à se frayer un chemin dans cette misère et surtout, surtout, éviter de se tordre une cheville.

Cette misère... Il fallait une bonne dose d'imagination pour penser qu'il y avait eu de la vie, là ! Les hommes, de longues journées attelés à la terre avare et les femmes, embarbouillées de marmots dans les pattes. Et les soirées, tous, *accagassounés** prés de l'âtre, au coin du feu, ou rassemblés autour de la table, à « chlouffer » la soupe de châtaigne – la *bajana*** –, à *gobeloter**** le *clinton***** – la piquette des centenaires, *dixit* Ferrat ! Et, les jours de fête, chopiner « Sa » *cartagène******, qu'on a faite soi-même, qui est forcément meilleure que celle du voisin ! Des générations avaient passé leur existence en cet endroit sordide, aujourd'hui ruiné... Avaient-elles un jour rêvé ? De cette espérance ou de cet entêtement, il n'en restait rien ! Même pas le débris d'un

---

* - Accagassouné : accroupi.
** - Bajana : soupe cévenole à base de châtaignes.
*** - Gobeloter : boire avec un gobelet.
**** - Clinton : cépage cévenol.
***** - Cartagène : préparation alcoolisée à base de vin (clinton).

meuble, le bois d'une étagère, la latte d'un parquet, un tesson de poterie. Rien. Tout, écrasé, concassé, digéré par le temps.

L'officier de gendarmerie s'engageait maintenant dans la portion du mas qui avait conservé un semblant de toiture. Même si le tuilage s'avérait criblé de trous, une lumière parcimonieuse baignait avec peine les ombres, donnait à l'endroit l'apparence d'une crypte. C'était le coin le plus reculé de la vieille bâtisse, d'où semblait émaner l'infection.

Juste avant de s'introduire plus avant, Mazel fut alerté par le bruit que fit derrière lui une pierre tombant au sol. Il lui avait d'ailleurs semblé percevoir un bruissement, comme un pas qui se serait voulu léger. Le brigadier se retourna. Allumant par réflexe sa lampe de poche, il balaya d'un rai de lumière les environs et fit danser les ombres de mille présences. Immédiatement, des grappes sombres s'ébrouèrent des voûtes où elles se confondaient ; quelques lambeaux s'égayèrent en voltigeant vers l'extérieur du bâtiment. « Des chauves-souris ! » Le frottement perçu sans doute venait d'elles. Fin de l'alarme. Tout reprit place et se figea.

Dans la semi-obscurité, les pans de murs s'obstinaient dans leur mutisme. Mazel ne discernait que la profondeur de salles dévastées, de niches et de recoins, et la menace de linteaux, de cornières, prêts à s'effondrer. « Ça travaille ! Ferait pas bon de s'éterniser. Toute la bicoque risque de me tomber sur la calebasse ! Je finis mon inspection et, après, faudra voir à interdire l'accès des lieux. Tout ce chantier va s'ébouler d'un jour ou l'autre ! » Et notre enquêteur de reprendre ses investigations. S'il avait pu observer à l'extérieur et apercevoir le véhicule stationné à quelque distance de la « Renault » de la gendarmerie, nul doute qu'il se serait préoccupé d'une présence. Mais Mazel, d'où il se trouvait, enfoncé dans le ventre du Mas des Combes, avait la certitude de s'être inquiété pour rien, juste impressionné par la pesanteur des vestiges.

Un fantôme l'observait, mussé contre des parois édentées qui cloisonnaient désormais inutilement les pièces décharnées. Blotti parmi les pierres, noyé dans l'ombre, il ne perdait de vue aucun geste, épiait l'intrus qui se dirigeait vers la citerne. Mazel était enfin parvenu à l'endroit où s'exhumait la puanteur. C'était une citerne dont la dalle s'était effondrée, ouvrant une bouche avide... on eut dit l'Achéron ! « Plus noire que l'âme d'un damné », pensa le brigadier-chef. Noire, glauque, avec des moires miasmatiques, aussi profonde que l'enfer. « Ce n'est pas demain que je bois de cette soupe ! Il doit y avoir quelque chose au fond. Faudrait y voir de plus près ».

Mazel se pencha au-dessus du gouffre, pointa sa lampe pour mieux distinguer le niveau de l'eau qui frisait à environ deux mètres en contrebas. C'était vraiment très sombre. Distinguait-on, à peine, une forme qui semblait flotter à la surface, si vague que cela aurait pu être de l'évaporation, un mirage, le monstre du Loch Ness ! Mais il y avait certainement un truc qui ballottait dans l'obscurité. Un serpent ? Un linge qui gonfle ? Une poutre pourrie ? Mazel écarquillait les yeux. Discerner, distinguer, identifier... Un bras ! Un bras humain avec... au bout, une main, une main crispée, serre recroquevillée, tétanisée dans un raidissement post-mortem ! Bien qu'il eût vu dans sa carrière suffisamment d'accidentés, de victimes de toutes sortes et fût instruit de l'horreur dans tous ses états, c'était plus que notre officier de gendarmerie eût pu supporter. La pestilence, la vision de cauchemar ! Mazel vomit ses déjeuners de la veille et de l'avant-veille.

Lorsqu'il se fut ressaisi, il n'eut qu'une pensée, un seul devoir : extirper de l'indigne condition où elle se trouvait la malheureuse dépouille et tâcher de l'identifier. Par la suite, le parquet ordonnerait un examen légiste afin de connaître l'origine du décès. S'agissait-il d'un accident ? Chute ? Noyade ? D'un crime ? Aurait-on poussé la victime ? Que trafiquait-elle dans ces ruines isolées de tout ? Mais, pour l'instant, inutile d'épiloguer. Valait mieux trouver parmi les débris quelque chose de long qui puisse servir de gaffe pour accrocher et tirer le corps vers soi afin de le traîner sur la terre ferme. Chercher, chercher un instrument de fortune dans ce rien abandonné. Mazel repéra dans les gravats une espèce de tringle, très vieille tringle rouillée qui, depuis des lunes et des lunes, avait oublié ce que pouvait être un rideau. Repliée à une de ses extrémités, elle ferait une perche acceptable.

Penché au-dessus du trou, allongeant les bras autant qu'il le pouvait, Mazel s'ingéniait à repêcher le cadavre qui flottait entre deux eaux. Pêcher ? Gauler... Pendant qu'il opérait, le brigadier-chef, fervent amateur de Brel – un gendarme appréciant le « grand Jacques » ne saurait être entièrement mauvais ! – se souvint de paroles tirées de « L'éclusier » :

« *Dans mon métier*
C'est en automne (et « non au printemps », pensa-t-il)
Qu'on cueille les pommes
*Et *les noyés* »

Ceci eut le mérite d'occuper un instant son esprit pendant l'horrible tâche. Et elle s'avérait pénible. La difficulté n'était pas d'accrocher la manche qui baignait, mais de tracter le corps hors de l'eau. Gonflé d'eau, les vêtements alourdis. La frêle tringle pliait sous la masse qui pesait de tout son poids. À plusieurs reprises, Mazel faillit être entraîné à la baille. L'horreur ! Si seulement il n'était pas seul, s'il avait pu être aidé ! Le brigadier songea un instant à appeler de l'aide, mais il avait laissé son portable dans le véhicule. En outre, il y avait fort peu de chance que le réseau passe dans cette combe profonde.

Le gendarme, absorbé par l'effort et sa lutte pour ne pas *s'escamper**, n'entendit pas l'ombre venir. Lorsqu'il sentit une présence et avant qu'il se retourne, ce fut trop tard. Tel un éclatement ! Il reçut un tel coup sur le crâne que l'expression « trente-six chandelles » fit dans l'instant figure d'euphémisme. Puis ce fut le *black-out* absolu.

Le monstre se délesta du gourdin du crime et contempla Mazel allongé, inconscient sur les dalles. Le képi avait voltigé, la tête nue laissait s'écouler un mince filet de sang. L'officier de gendarmerie n'était plus qu'un pantin désarticulé. Une posture qui, certes, rabattait l'orgueil de la prévôté et son sens déontologique de l'ordre.

* - S'escamper : se casser la figure, tomber.

« Voilà ce qui arrive quand on est trop curieux ! » Le procédé était brutal, primaire. Mais, pris de court, n'ayant pas à sa disposition de seringue, le spectre n'avait pu utiliser le mode opératoire de l'intraveineuse. Il lui avait fallu faire vite, improviser. Il y avait feu au lac, le galonné allait tout découvrir. Maintenant, non seulement le faire disparaître, mais aussi se débarrasser de sa bagnole, repérable par n'importe quel imbécile qui aurait l'idée saugrenue de *s'engoulir** dans le coin. « L'horrible » balança Mazel dans la citerne. Restait la Renault aux couleurs de la maréchaussée, elle patientait à l'entrée du chemin.

« Notre gendarme était si certain d'être seul, qu'il n'a pas jugé nécessaire de verrouiller sa portière ! Ce serait très maladroit d'incendier le véhicule. Un feu donnerait l'alerte et les pompiers se radineraient. Non. Il est préférable de lui faire dévaler le ravin, tout au fond, où il n'y a que les sangliers pour farfouiller. Ainsi escagassée dans les bartas, faudra du temps avant qu'on le découvre ! »

---

* - S'engoulir : faire irruption en trombe (comme d'un goulot).

Chapitre XV

Une brume épaisse et glauque, la sensation de mariner dans un univers amniotique pas très catholique ; un jus putride qui oint les pores, trempe les os de fond en comble, encrasse, envase, prend au col, paralyse. L'eau stagnante, malfaisante. Et le froid, le froid tout autour qui plombe, la mort qui cerne, exhale un courant délétère... Revenir de l'enfer par l'Achéron !

Mazel reprenait lentement connaissance, le corps entier éperonné par la brûlure de l'eau glacée, les tempes battant la chamade, la tête prête à éclater. De longues minutes avant de réaliser, de se souvenir. Un réveil dans une chambre que l'on tarde à identifier, à réinstaller dans sa mémoire après une nuit lourde de sommeil. Émerger de l'apnée, ressusciter ! Et, d'instinct, tenter de se maintenir, la tête hors de l'eau, d'instinct – les vêtements trempés pèsent des tonnes – résister au gouffre qui vous tire vers le fond, vous alpague pour vous entraîner dans ses abysses. Résister, résister à l'attraction mortelle.

Mazel, la conscience sollicitée, la vision qui peu à peu apprivoise l'obscurité, tous les sens aux aguets, lentement revenait à la vie. Ce qui avait été flou subrepticement s'évanouissait. Du noir profond à la grisaille puis aux jeux d'ombre, les alentours divulguaient, voile après voile, un lac moiré cerné de murailles. Le malheureux se souvint alors de la citerne, comprit qu'il avait été jeté dans ce cul de basse-fosse ; la citerne où, juste avant d'être assommé, il avait découvert un cadavre qui y baignait !

Une masse sombre flottait silencieusement à ses côtés comme un monstre aquatique endormi ou un gros sac-poubelle clapotant à vau-l'eau. Îlot monstrueux. Il eût suffi à Mazel d'étendre le bras pour le toucher et l'idée lui répugnait.

Pour autant, elle lui fit prendre conscience d'une crampe des membres inférieurs ; il les sentait devenir inertes, ainsi que son bras gauche, pris en étau. Il lui fallait bouger ! Et, tant qu'à faire, trouver vite une solution pour se sortir du piège horrible. Plus haut, à peine à plus de deux mètres, le gendarme distinguait maintenant le rebord du pertuis, mais impossible de l'atteindre sans un appui pour grimper.

Le brigadier se mit à consciencieusement inspecter les parois de la citerne. Elles avaient été rendues lisses par les ans, le passage des eaux pluviales. « Plus lisses qu'une matraque de garde mobile », songea-t-il ! Il tâtait, scrutait intensément la muraille, cherchait désespérément une aspérité pour s'agripper. Quelques pierres, ça et là, débordaient bien de l'alignement, mais aussi polies qu'un galet. À plusieurs reprises, se haussant d'un coup de rein, s'étirant autant qu'il le pouvait – embarrassé par le poids de ses vêtements trempés –, le malheureux tenta néanmoins de s'accrocher. En vain. Chaque fois, ses doigts glissaient sur la surface comme sur une savonnette.

Peut-être en se surélevant, Mazel atteindrait-il la margelle ? Il lui faudrait pouvoir prendre appui... mais sur quoi ? Rien qui puisse lui servir de plateforme, rien, hormis... le corps, juste à côté, dont il causait le léger balancement en s'agitant comme il le faisait. Le gendarme rejeta immédiatement cette idée. Se servir d'un cadavre comme d'une bouée pour y grimper ! Ce serait outrager le mort, qui plus est, une victime ! Son honneur de brigadier-chef s'en trouvait tout révulsé. Un mort ! Un mort ? Mais oui, un mort... bien mort... que rien, hélas, ne pourrait désormais plus déranger. Alors que lui, Mazel, était encore bien vivant ; sans doute pour pas très longtemps s'il ne trouvait rapidement une solution pour se soustraire à cet enfer, « fort déplaisante perspective » se dit-il en conscience.

Faisant fi de sa répugnance, Mazel s'approcha du corps qui semblait lui tendre la main et s'y arrima. Son instinct de survie lui fit ignorer l'odeur abominable qui s'en dégageait. Puis, d'un coup de reins et s'appuyant ferme sur la dépouille, il entreprit de l'enfourcher. Dans l'action, sollicitée par le poids du gendarme, la masse inerte roula soudain sur elle-même, en entraînant dans son basculement le malheureux qui plongea dans l'infâme brouet. Cette culbute, dans un grand bouillonnement, provoqua instantanément la remontée à la surface d'un deuxième cadavre ! Et Mazel faillit s'évanouir une seconde fois.

« Vite, retrouver ses esprits ! Absurde cette idée d'imaginer pouvoir se servir du mort comme d'un tremplin ! Même si j'arrivais enfin à y grimper, je ne pourrais jamais me rétablir et me mettre debout, la masse flottante est forcément instable. Il me faut trouver autre chose ; surtout, surtout, ne pas paniquer ! »

Le gendarme scruta à nouveau les parois en cherchant intensément une solution. C'est alors qu'il aperçut, juste au-dessus du rebord, fiché dans le mur, une espèce de gond rouillé. « Certainement un vestige de la porte qui devait jadis fermer la citerne » pensa-t-il ? « Si je pouvais y accrocher le semblant d'une corde, je parviendrais peut-être à me hisser, à condition que le gond tienne sous la traction. Était-il suffisamment scellé ? » Mais, à quoi bon se poser ce type de question ? Mazel n'avait pas de corde à sa disposition et rien qui puisse en tenir lieu. Rien ? Le gendarme songea à son baudrier et à sa ceinture. Avec la boucle, pourquoi pas ? Elle servirait de grappin. Il eut quelques difficultés à retirer son harnachement, gêné dans ses mouvements par le froid qui peu à peu l'engourdissait et forcé de se maintenir la tête hors de l'eau. « Tout, sauf ingurgiter une nouvelle tasse de cette infection ! »

Enfin, étant arrivé à lier les bandes de cuirs l'une à l'autre, Mazel les projeta résolument vers le gond. La muraille heurtée par la boucle résonna d'un bruit métallique. « Trop court ! » L'homme renouvela son geste. « Encore raté ! » Bien trop court. Il lui fallait se hausser comme un joueur de water-polo, s'élever du niveau de l'eau. Émerger, se changer en dauphin. Un nouveau coup de reins ; vigoureusement lancé, le grappin improvisé griffa la face interne du pertuis avant d'inexorablement retomber !

Définitivement, ce n'était pas assez long. Cette constatation allait-elle sonner le glas des espérances du malheureux ? Jamais il ne pourrait atteindre le gond sans trouver une rallonge.

Mais où ? Après avoir à nouveau fait le tour de la citerne, son regard tomba immanquablement sur les cadavres. Ceux-ci devaient bien porter une ceinture ? Non sans appréhension Mazel s'approcha de celui qui flottait le plus près pour l'examiner. Le mort était, hélas, adepte des bretelles ! « Les bricoles ! Cela ne m'étonne pas d'un vieux machin ! » ne put s'empêcher de maugréer le brigadier qui commençait à perdre son sang froid, sans plus de respect pour la victime. À noter qu'en l'occurrence, l'expression « perdre son sang froid » ne devait certes pas être prise au premier degré, dans la mesure où Mazel avait le corps gelé par l'eau glacée dans laquelle il marinait. La paralysie le guettait s'il ne s'extirpait rapidement de ce piège. Mazel ramena vers lui la seconde victime. Elle était en putréfaction. Le gendarme ferma les yeux et fut saisi d'un haut-le-coeur qui faillit le faire vomir ; toutefois, conscient de l'importance vitale de son geste, il n'hésita point à tâter la dépouille. « Banco ! » Celle-ci portait bien un ceinturon. Sans plus penser au malheureux, Mazel vite entreprit de l'en défaire. Ensuite, il ne lui resterait plus qu'à l'agrafer au reste du harnachement.

L'allonge, désormais, devait être suffisante. Surtout ne pas s'énerver, assurer avant de balancer. Le brigadier, très consciencieusement, visant la saillie du gond y projeta les ceintures accrochées ensemble. Il lui fallait attraper la pointe, mince cible. La boucle tinta derechef sur le métal, mais glissa. Nouvel échec. Recommencer ! Deux, trois, cinq fois de suite, l'identique tintement contre la ferraille et, chaque fois, avec le grappin de fortune l'espoir qui retombe pitoyablement.

Dans le brouillard de ses émotions, Mazel se souvint alors de son père, à l'époque où ce dernier lui apprenait à nager. Enfant, quel âge pouvait-il bien avoir ? Sept, huit ans peut-être ? C'était au Grau-du-Roi, un été caniculaire ; un week-end à la mer que la petite famille s'offrait parfois, une gâterie, un extra dans la monotonie des jours. Images, doux souvenir qui émergeait de l'enfance, comme du miel, en cet instant critique quasi désespéré. Ne raconte-t-on pas qu'à l'heure de la mort toute la vie défile en un film accéléré, une pelote qui se dévide, le résumé d'une existence ? Mazel se revoyait – petit garçon terrorisé, redoutant à tout instant de couler et de se noyer – lutter, brasse après brasse, pour rejoindre son père qui lui tendait les bras – sorte de Neptune au milieu des flots, de l'eau jusqu'aux aisselles – qui n'avait de cesse de l'encourager. Et la certitude de cette présence paternelle fortifiait l'ardeur de l'enfant, sa volonté de réussir. « Allez, mon fils, tu peux y arriver, je sais que tu peux ! Encore quelques mètres, encore ! Tu vas me rejoindre. » « Oui, papa, j'ai fini par te rejoindre ! Mais si je ne réussis pas cette fois à me sortir de ces oubliettes, c'est dans l'au-delà désormais que je ne tarderais pas à te rejoindre. Encourage-moi, comme tu savais si bien le faire, donne-moi encore ta force ! »

Bandant ses muscles, Mazel lança furieusement le harnachement comme il l'eut fait d'un marteau aux Jeux olympiques, tout son espoir placé dans ce jet magistral. Et la boucle, après avoir hésité l'espace d'une seconde qui avait duré des siècles, s'accrocha enfin au piton ! Jeu des anneaux dans les kermesses, à encercler le col d'une bouteille de mousseux ! Le prisonnier allait enfin savoir, vérifier si elle tiendrait le coup, l'antique ferrure ; si, à la première traction, elle ne s'arracherait de la muraille, auquel cas ce serait la désespérance. Peu adepte de ces simagrées, le brigadier-chef croisa malgré tout les doigts, juste avant de saisir la liane de cuir et la maintenir ferme. Ses mains gelées le brûlaient ; ses bras engourdis répondaient difficilement aux sollicitations, ses jambes, son corps entier, pesaient des tonnes. Pour autant, Mazel tira vers lui de toutes ses forces et, s'agrippant, les pieds calés contre la muraille, commença à se hisser. Ses pieds patinaient comme sur de la glace ; il lui fallait, opiniâtre, coûte que coûte, les maintenir collés à la paroi comme des ventouses, tout en se tractant pour s'élever, centimètre après centimètre. Deux mètres à grimper, à peine deux mètres de dénivelés, mais, vu les difficultés, l'ascension s'avérait longue.

Sous la traction le gond souffrit d'un couinement. Résisterait-il ? Mazel fixait avec angoisse le bout de métal rouillé où sa survie était suspendue. Tirer, tirer ! Dans sa jeunesse, le futur gendarme avait été un grand sportif, un excellent grimpeur à la corde. De ce passé en subsistait-il quelques restes ? Tirer, tirer ! Tout en surveillant du coin de l'œil le scellement du gond – ce dernier ne se déchausserait-il pas ? Tout en s'inquiétant des ceinturons agrafés – les boucles n'allaient-elles point s'arracher ou casser ? les cuirs se rompre ? lentement il se hissait. Il avait pratiquement remonté un mètre, se rapprochait du rebord, de la délivrance ! Mais, fut-ce l'exaltation, un rien de précipitation, une baisse d'attention, ses pieds mal arrimés ripèrent sur la muraille, une secousse qui fit lâcher sa prise au malheureux. Il plongea dans les abîmes, le visage flagellé au contact de l'eau nauséabonde.

Tout était à recommencer. Heureusement les ceintures ne s'étaient pas décrochées et pendaient comme un défi. L'ascension était à reprendre, s'avérait de plus en plus pénible compte tenu de l'épuisement de Mazel. Le gendarme considérait avec lassitude le harnachement qui l'invitait, cynique, à renouveler ses efforts. Le brigadier-chef était prêt à « tout laisser tomber ». L'expression était, hélas, d'actualité, put-il penser, lui qui avait à nouveau fait la culbute dans ce cul de basse-fosse et que personne ne viendrait secourir dans ces ruines oubliées, à des lieux de toute trace de vie ! Il était inutile de crier, d'appeler au secours. Ce serait s'époumoner pour rien. Mazel n'avait informé personne à la caserne de son déplacement au Mas des Combes. Il ne s'agissait que d'une simple vérification des dires de Didier, pas la peine de mobiliser la brigade qui avait suffisamment à faire par ailleurs. Et le temps que ses collègues comprennent qu'il pourrait se trouver à cet endroit, s'écouleraient sans doute bien des lunes ! Notre brigadier postulait ferme comme énième noyé. Le malheureux s'apprêtait à se laisser couler, convaincu de ne plus se battre, laisser aller les choses, attendre la mort qui délivre, s'endormir doucement dans l'eau amniotique, redevenir fœtus, que la boucle soit bouclée ! De toute manière, fallait bien mourir un jour. Alors, aujourd'hui ou plus tard ? Un infime sursis comparé à l'éternité où chaque vie se résout.

Mais la liane de cuir continuait à pendre, têtue, faisait le lien entre l'enfer et le ciel, et Mazel n'arrivait à en détacher son regard.

Elle était là, mollement balancée, comme un appel muet, un signe. La corde magique, la queue du Mickey pour un tour de manège gratuit, encore un tour ! Toujours l'enfance qui revient, qui surgit au moment du doute, l'enfance propice à tous les rêves et au dépassement de soi.

Ce coup-ci devrait être définitif, ne plus manquer le coche, faute de quoi la messe serait dite. Le prisonnier conjugua ce qui lui restait de force dans un ultime sursaut, agrippa de toute son âme le lien qui se tendait vers lui et, furieusement, la colère rentrée, s'élança dans l'ascension de la dernière chance, les jambes perpendiculaires à la muraille, les pieds vigoureusement cramponnés. Une lutte contre la pesanteur, l'attraction pernicieuse. Une lutte de chaque centimètre repris sur le vide ; une lutte entre soi et soi, soi et les éléments, soi et sa destinée. Le gond, horriblement sollicité, crissait sous le poids et la pression ; Mazel percevait un léger flottement de la ferrure dans son ancrage ; allait-elle se dessertir avant qu'il ait pu atteindre le rebord du pertuis ? Tirer ! Avancer, tirer ! Coup de reins après coup de reins, se hausser, se hisser ! La remontée paraissait interminable et Mazel – illusion de l'esprit due à l'extrême tension et la fatigue – croyait voir reculer la rive salvatrice plus il s'en approchait. Tirer, tirer toujours, alors que les mains crispées serrent si fort que l'homme ne les sent plus ! Alors que les pieds ne cessent de vouloir glisser, qu'il faut les enfoncer, les caler, violenter la paroi. Tirer ! Fermer les yeux embués de souffrance... et les bourdonnements qui assourdissent ! Tirer ! Accrocher, agripper... atteindre enfin la rive aussi douce qu'une lèvre et, dans un dernier effort, s'y hisser de tout son corps qui tremble ! Émergé, survivant, parvenu sur la terre promise... Fourbu, ayant juste eu le temps de se traîner hors de l'enceinte, Mazel s'écroula, pour sombrer dans l'inconscient.

Chapitre XVI

Phébus, traçant son soleil dans la pinède, caressait la garrigue sous la complicité muette des pins d'Alep et des cyprès. Une matinée éclairée comme un plain chant dont les arpèges s'égrèneraient au contact des pierres. Il est des lieux généreux où la paix semble définitivement établie, où le temps fait écrin, la certitude est plénitude. Où Paul se trouvait, tenait de ces petits paradis : le cimetière marin de Gruissan, « l'Allée des naufragés ». Il avait décidé de s'y rendre, décidé de voir le modèle, respirer où le mystère plane, découvrir, peut-être.

Il était parti à l'aveuglette, empruntant le long chemin sinueux au fond d'une garrigue, jusqu'à l'entrée du site signalée par des plots d'amarrages plantés à même le sol, comme échoués d'une épave. Son regard, pavé de rocaille, caressait les flancs de coteaux où débouchait l'Allée des naufragés. En s'avançant, Paul découvrit sur sa droite « le jardin de l'ermite » ceint de courts murets de pierres sèches.

Ici, des cistes cotonneux, aux corolles roses et blanches piquées de leurs étamines orange, buissonnaient l'espace avec des touffes de myrtes couvant des jets d'asperges sauvages. Là, des bouquets de coronilles et de lavandes, ombrés d'eucalyptus et de chênes blancs. À l'entrée de la maison de l'ermite, pas plus grande qu'une cabane de berger, un arbousier solitaire accueillait le visiteur.

Le jardin de l'ermite avait été créé par Michel Cyprien, l'un des nombreux prieurs ayant vécu dans l'ermitage qui relevait de la Chapelle Notre-Dame des Auzils, point d'orgue du pèlerinage. Jadis, ce solitaire, après avoir maîtrisé le cours d'eau de la vallée par deux murs épais de pierres sèches, avait aménagé le lieu et bâti sa maison. Sur la rive droite, un « jardin de curé » lui assurait alors sa subsistance. Cyprien y récoltait des légumes et des fruits qui lui permettaient de vivre en autarcie, mais aussi du raisin issu de ses vignes dont il tirait quelques bénéfices. Sur la rive gauche, qu'il rejoignait en traversant le petit pont rustique construit de ses mains, il avait ordonnancé un mini jardin à la française aujourd'hui disparu. Au fond de ce lieu de paix, une source jamais tarie, recouverte d'une voûte maçonnée, était surmontée d'une petite statue de la Vierge. Cet éden faisait depuis l'admiration des pèlerins et des touristes.

Continuant son cheminement, Paul progressa parmi les randonneurs venus admirer le massif de la Clape et son site exceptionnel bordé de cénotaphes. L'insolite chemin de croix invitait le promeneur à poursuivre. La végétation se radicalisait de pins d'Alep de belle taille, de chênes kermès et d'oliviers sauvages, tortueux à souhait depuis des générations. Ici et là, des cyprès s'élançaient au-dessus des sous-bois. Même si cet endroit du Massif était assez abrité, le vent de Gruissan soufflait suffisamment pour que Paul et les marcheurs n'aient pas trop chaud. Cette promenade au milieu des genêts, cistes, chèvrefeuilles, thyms, et sous l'ombrage des grands arbres, faisait un bien fou.

Et puis... il y avait les cénotaphes ! À la vue de ces témoignages de pierre, Verdeilhan se souvenait des vers de Hugo :

> « *Oh ! Combien de marins, combien de capitaines*
> *Qui sont partis joyeux pour des courses lointaines,*
> *Dans ce morne horizon se sont évanouis !*
> *Combien ont disparu, dure et triste fortune !*
> *Dans une mer sans fond, par une nuit sans lune,*
> *Sous l'aveugle océan à jamais enfouis !* »

Vingt-six stèles mémorielles, humbles et silencieuses – telles les stations d'un calvaire – balisaient l'allée qui menait à la chapelle. Les plaques commémoratives apposées sur ces tombes sans corps portaient, outre le nom du navire qui avait sombré, ceux des marins et le récit de leurs naufrages avec, pour certains, la mention PPL (Priez pour lui). Quelquefois il s'agissait d'un père et son fils – comme Joseph Pons né en 1803 et Joseph Werter Pons, né en 1843, naufragés de « L'île Mahon », le 17 janvier 1857 –, ou de deux frères... des marins, des mousses ; certains très jeunes, tel le malheureux Pierre Rouquette, qui avait péri en mer le 2 janvier 1902 à l'âge de 17 ans. Pour la plupart, les naufrages évoqués remontaient au dix-neuvième siècle. Le plus ancien cénotaphe datait de 1844.

Chaque « tombeau » était une invitation au recueillement. Quelques-uns étaient peints en noir et blanc, car dans la signalisation maritime ces deux couleurs annoncent un danger. Mais – peut-être parce qu'il ne s'agissait pas d'un vrai cimetière et de son ordonnancement funéraire, sans doute à cause de la beauté du site, tout irradié de clarté –, l'ensemble ne rendait pas une impression de tristesse, plutôt une sensation de protection et de quiétude. Paul s'en nourrit durant toute son ascension vers la chapelle.

Le chemin qui serpentait dans les senteurs de pins, de thym et de romarin, faisait accéder à Notre-Dame des Auzils appelée aussi « Notre-Dame du Bon Secours », laquelle veillait sur le village et sur les pêcheurs. Classée monument historique depuis 1964, son origine remontait à un prieuré construit en 1080, et plusieurs fois restauré. L'édifice présentait la particularité d'avoir le chœur exactement bâti au-dessus d'une grotte, la grotte Saint-Salvaire. Le choix de cet emplacement n'avait certainement pas été dû au hasard. Ancien lieu de culte, captation d'un tellurisme en rapport avec la terre – comme c'était le cas pour d'autres sanctuaires – ou choix des bâtisseurs sur une inspiration divine ? Il y avait de quoi alimenter l'imaginaire. Mais il était indéniable qu'à la grande beauté du lieu s'ajoutait un ineffable sentiment de bien-être et de force.

Le prospectus remis par l'office de tourisme de Gruissan rappelait au visiteur qu'il était de tradition depuis le XVIIIe siècle, pour les pêcheurs et leurs familles, de se rendre en pèlerinage à la chapelle deux fois par an, à Pâques et à la Pentecôte. Selon certains témoignages, il y a encore une dizaine d'années les jeunes partaient du village à pied avec de quoi manger et boire, dans une ambiance bon enfant. Nombreux n'assistaient pas à la messe, s'éparpillaient dans la Clape derrière Notre-Dame pour rejoindre le lac artificiel tout proche et finir la journée là-bas ; quelques-uns, ivres, pas seulement d'avoir partagé ces belles heures.

Lorsque Paul Verdeilhan franchit le seuil du sanctuaire, ce fut l'éblouissement. La paroi qui lui faisait face était tapissée de petits tableaux, d'étranges marines illuminées par le soleil. En pénétrant dans l'édifice, il constata que toute la nef en était couverte. C'étaient des ex-voto ; jamais il n'en avait vu autant. Mais il s'aperçut vite qu'il s'agissait pour la plupart de trompe-l'oeil, peints directement sur les murs. (Verdeilhan apprit plus tard que la chapelle et son patrimoine avaient été la proie de voleurs en 1967 ; que la majorité des œuvres offertes avait été dérobée, dont une seule fut retrouvée et remise en place. Ce drame avait bouleversé les Gruissanais. Certains cherchèrent dans leurs greniers de vieilles photographies des pièces disparues. Mais ce fut surtout grâce à l'intuition d'un abbé, conservateur des antiquités du département, qui avait pris le soin de photographier les ex-voto avant le vol, que les reproductions purent être faites.) Certitudes : l'illusion était parfaite et les ex-voto désormais inviolables.

Plus de soixante-dix ex-voto. Autant d'offrandes faites par les marins ou leurs familles en demande d'une grâce ou en remerciement d'une grâce obtenue ; plus rarement en souvenir ou en mémoire de... très souvent à l'occasion de périls encourus en mer (tempête, naufrage, incendie à bord, danger d'échouage, accident lié au métier de marin). Chacune de ces représentations livrait une parcelle de la vie d'autrefois, un livre d'images ouvert sur le passé. L'ex-voto a la particularité de réunir dans une même figuration l'espace céleste, où se tiennent la Vierge, le saint protecteur, assis sur un nuage – la « fenêtre » qui donne accès au monde divin, généralement située en haut à gauche du tableau – et l'espace humain, en dessous, où est dépeinte la scène à l'origine du don. Dans le bas, est relaté dans un cartouche l'évènement ayant motivé l'œuvre – naufrage, tempête, aléa maritime.

Verdeilhan examina longuement ces peintures, très injustement qualifiées parfois d'art naïf. Car chaque œuvre avait sa personnalité, était unique en soi, même s'il s'agissait de rappeler des faits qui se répétaient sur plus d'un siècle. Notre visiteur en considéra une, en forme de triptyque, qui évoquait un naufrage. Une autre ne se référait pas à un drame de la mer. Il s'agissait d'un curé conduisant une charrette chargée de meubles, tirée par un âne, qui passait un pont de pierre. Dans le fond du tableau, on apercevait la cité de Carcassonne et dans le ciel apparaissait Notre-Dame des Auzils toute rayonnante... Mystère, mystère. Verdeilhan découvrit même un ex-voto d'inspiration surréaliste, signé d'un certain « Courdil ». La chapelle y était représentée comme en lévitation, bâtie sur un amas de terre qui flottait dans l'air d'où émanaient des racines supportées par des troncs d'arbres morts.

Mais l'un des ex-voto retint plus particulièrement son attention, qui tranchait d'avec les autres. D'abord il s'agissait d'un original, non d'un trompe-l'œil. Et, à première vue, d'une facture récente, eu égard à la peinture et au vernis employés, même si notre écrivain ne s'avérait aucunement spécialiste de ces réalisations. Or, pour la plupart, les offrandes exposées remontaient à la fin du XIXe siècle ou, au plus tard, à la première moitié du XXe. En outre, l'œuvre n'était pas signée. Une fois encore il était question d'un naufrage. Le navire en perdition, très minutieusement reproduit, paraissait de conception moderne – coque, profilé, équipements de pointe, antennes radars, etc. – un bateau de commerce. On pouvait même distinguer le nom du navire sur la proue : « Le Fontaine ». Autre élément de surprise, le cartouche et une date... qui remontait seulement à un an. Le doute n'était plus permis quant à l'ancienneté de l'hommage.

En sortant de la chapelle, Verdeilhan fut pris de vertige. Comme si le soleil s'était jeté littéralement sur lui. Une révélation qui s'imposait, lui ouvrait des perspectives ! L'homme ne pouvait détacher sa pensée de ce qu'il venait de lire dans le cartouche, et cela ne cessait de titiller son esprit, d'attiser ses interrogations. Jusqu'à l'horizon, se dévoilait un panorama d'exception, un magnifique point de vue sur la Clape, l'étang de Gruissan, le village, la tour Barberousse, et la Méditerranée, immense et sereine. La beauté du site étreignait le visiteur. Tous les sens en éveil, Verdeilhan eut l'intuition qu'une porte mentale s'était entrouverte, sésame d'un commencement de réponse, d'un début de solution !

Chapitre XVII

À la gendarmerie de Saint-Jean, on commençait vraiment à s'inquiéter. L'avant-veille, le brigadier-chef s'était absenté en fin de matinée, n'était plus réapparu depuis et son portable était sur répondeur. Mazel n'avait pas réintégré non plus son logement de fonction, le lit n'ayant pas été défait. Ce n'était absolument pas dans son habitude. Aucun de ses collègues et subordonnés ne savait où il pouvait se trouver. Mazel était célibataire, on ne lui connaissait pas d'aventure. L'homme restait fort discret sur sa vie privée, qui privilégiait les visites chez sa mère à Vézénobres lors de ses permissions. Des coups de téléphone avaient été passés, chez celle-ci, aux mairies, au colonel de gendarmerie. En vain, tant et si bien qu'il fallut en aviser le Parquet. Mazel serait-il donc le sixième à se volatiliser dans la nature ? C'était à désespérer !

Son bureau était impeccablement ordonné, d'une rigueur toute militaire où rien ne dépassait. Vierge de tout papier volant ou de quelque dossier qui traînât. Ce vide n'encourageait pas la fouille à la recherche d'indices. Seulement un post-it jaune-canari collé en haut à gauche du sous-main. Dans ce désert, le papillon ne pouvait qu'attirer le regard, concentrer toute l'attention. Le brigadier y avait griffonné au stylo les mots « briquet » et, juste en dessous, « Mas des Combes ». Un des agents se souvint alors que, durant son interrogatoire, Didier avait affirmé avoir découvert le briquet d'un des disparus près de ces vestiges. S'il avait dit la vérité, qu'est-ce que cela fichait là-bas ? Le brigadier-chef s'y serait-il rendu pour investiguer ? Découvrir des traces ? De toute façon, dans l'épais brouillard où toute la brigade s'embarbouillait, cela méritait qu'on s'en assure.

Quand elle parvint sur les lieux, après moult vire et vire de la piste, la patrouille ne distingua de prime abord âme qui vive.

Un nuage épais et sombre, annonciateur de l'orage, pesait comme une dalle mortuaire sur les ruines et les alentours, les rendait encore plus sinistres. Un silence de mort régnait et une atmosphère empuantie exhalait abominablement.

– Pas jojo comme villégiature !

– Il est de ces coins dans les Cévennes qui ne respirent pas l'allégresse.

– Et, en parlant de respiration, qu'est-ce que ça schlingue !

– Cela semble venir des ruines.

– La porte de l'enfer, on dirait !

– Ce n'est pas normal. Faut aller voir là-dedans.

– As-tu remarqué les traces de pneus ? Il y a eu des allées et venues récentes. Apparemment, le lieu n'est pas toujours aussi désert. D'ailleurs, je te parie que cette trace-ci a été faite par la roue d'une Renault. Je reconnais l'empattement et le dessin des « Michelin ». Une Renault, telle que celle conduite par le brigadier, et qui a disparu elle aussi.

– En effet. Mazel serait donc bien passé ici.

– Mais, je ne vois présentement aucune voiture

– Regarde par là ! Un des gendarmes désigna à son collègue une large trouée dans les buissons qui paraissait récente ; comme provoquée par un engin lourd et volumineux qui aurait dévalé la pente. En se penchant, ils distinguèrent tout en bas du ravin, à demi enfoui dans les ronciers, le bleu marine d'une carrosserie qui n'était pas sans rappeler la couleur uniforme des véhicules de gendarmerie.

– Nom de Dieu ! C'est Mazel ! Il a eu un accident !

– P'tain, vite faut descendre !

Malgré l'empressement à secourir leur chef, les deux hommes eurent toutes les peines du monde à rejoindre le fond pentu où la carcasse gisait. Ronces, bartas, massifs de chênes verts, formaient un entrelacs piégeux qui rendait toute progression difficile. Happant, égratignant, retenant au passage les gendarmes qui essayaient péniblement de s'arracher à leurs griffes, leur faisant perdre un temps précieux dans la mesure où la vie du collègue, peut-être, en dépendait. Qui n'a jamais parcouru les Cévennes ne saurait imaginer, dans certains lieux, la densité quasi impénétrable de ces vallats, ubacs et autres adrets, combes où toute chute accidentelle peut s'avérer funeste. Autrement dit, à la manière de Dante, qui rentre ici y laisse quelquefois toute espérance.

Ayant finalement rejoint de haute lutte le véhicule accidenté, les deux gendarmes constatèrent qu'il était vide et en éprouvèrent un sentiment confus de soulagement et d'anxiété. Rassurés de ne pas découvrir leur chef prisonnier et mal en point, voire mort, dans ce qui restait de la Renault, mais inquiets de ne toujours pas arriver à le localiser. Le brigadier aurait-il pu s'extirper du véhicule après l'accident et se traîner, blessé, dans les broussailles avant de perdre éventuellement connaissance ? Auquel cas, il ne devait pas être bien loin, compte tenu de la forte déclivité du terrain. La patrouille se mit en devoir de fouiller sérieusement les abords, d'ausculter méticuleusement avec des bâtons chaque brande, épinier et fourré des environs, sonder les lits de fougères, tâter les cailloux qui roulaient sous leurs pieds. Mazel demeurait introuvable. En désespoir de cause, l'un des deux gendarmes proposa d'appeler des renforts. En multipliant les recherches, ils multiplieraient les chances. Mais, en attendant leurs collègues, ils iraient jeter un œil dans les ruines afin d'identifier la source des remugles pestilentiels.

En pénétrant dans le Mas des Combes, les deux hommes eurent l'impression d'investir un tombeau, de ces tombeaux royaux égyptiens qu'accompagne une légende maléfique où celui qui viole le repos éternel des souverains est voué au châtiment d'une mort certaine. Tout y contribuait. Les hautes parois qui enserrent, telles des murailles de silence ; le dédale des salles où les couloirs obscurs accompagnent ; l'atmosphère étouffante baignée d'ombres, de grandes ombres qui enveloppent et le sentiment oppressé, au fur et à mesure de la progression, qu'elles deviennent tentaculaires. Mais, par-dessus tout – seule différence avec les anciens temples aseptisés par le désert depuis une éternité – plus les visiteurs s'enfonçaient au cœur des ruines, plus l'horrible odeur se faisait entêtante. Cela venait du cœur de la bâtisse. Le faisceau de la lampe de poche y plongea comme la lame d'une épée, révélant un sol ancestral lissé par la lumière telle la carapace d'une immense tortue. Au centre, une masse gisait.

– C'est lui ! C'est Mazel !

Les gendarmes se précipitèrent. L'un des deux s'agenouilla près du corps inerte, appliqua son oreille contre la poitrine de l'infortuné tout en prenant son pouls.

– Dieu soit loué, il est vivant !

– Il est dans le coaltar !

– Brigadier ! Eh, chef ! Vous m'entendez ? M'entendez-vous ? C'est moi, Gaussens, le gendarme Gaussens !

– …

– Brigadier, on est là ! Auprès de vous !

–...

– Brigadier, répondez-moi !

Mazel cligna enfin des yeux, ébloui par la lumière et grommela quelques sons incompréhensibles.

– Chef, on va vous sortir de là, tout ira mieux maintenant.

– La ci... la citerne...

– La citerne ?

– Les ca... da... vres... les dis... parus, murmura le pauvre homme, en se tournant péniblement pour désigner à ses collègues l'ouverture du puits.

Les torches qu'ils braquèrent révélèrent l'émergence de deux monticules sombres d'où irradiait la lividité de quatre mains crispées.

– Qu'est-ce qui te préoccupe ? Lui avait demandé Léonie. Elle n'avait pas été sans remarquer le silence de Paul. Ce dernier, depuis son excursion – la veille au bord de la mer –, paraissait en effet soucieux. Plus taiseux qu'à son habitude.

– Quelque chose que j'ai entrevu dans la chapelle.

– La chapelle ?

– Notre-Dame des Auzils au cimetière marin de Gruissan.

– …

– Ses murs sont couverts d'ex-voto ! Imagine ce que cela peut donner. Un kaléidoscope de petits tableaux naïfs, chacun racontant une histoire marine. D'une grande piété. À te faire devenir croyant ! Tu sors de là, t'en as plein les mirettes.

– C'est donc ça qui te tracasse ?

– Une de ces représentations, sans doute, je suis sûr qu'il y a un lien.

– Un lien avec quoi ? Si t'arrêtais un peu de faire le mystérieux !

– Avec la fausse tombe, la boîte qu'elle contenait et la photo du jeune homme qui s'y trouvait à l'intérieur.

– T'es bizarre. Tu ne t'intéresses qu'à cette histoire abracadabrante alors que tout le monde cherche cinq petits vieux. Ceux-là, semble-t-il, t'en as rien à faire.

– Les disparitions concernent la gendarmerie. C'est de leur ressort. Elle a les moyens pour. Du tout venant. Tous les jours dans le monde des gens se volatilisent sans laisser d'adresse. Par contre, le mystère du cénotaphe, ça, c'est autre chose. Une belle énigme à résoudre pour un romancier.

– On ne peut pas dire que le sort de ton prochain t'importe !

– Et qu'est-ce que tu voudrais que je fasse ? Que je coure par monts et par vaux ? Que je sonde, à moi seul, tous les coins et recoins des Cévennes ? Alors que des escadrons de gendarmes, dont c'est la mission, ont jusqu'à présent lamentablement échoué. Et toi, d'ailleurs, en donneuse de leçon, tu te démènes pour ces malheureux ?

– Oh ! je ne suis qu'une faible femme, Monseigneur.

– C'est qu'elle se foutrait de moi, la bougresse !

Paul se jeta sur Léonie, chercha à trousser sa jupe dans un grand rire communicatif. Comme deux adolescents, ils se mirent à se poursuivre autour de la table de la salle de séjour, Léonie s'appliquait à échapper à son amant pour faire durer le plaisir. Plaisir qu'ils savaient force entretenir par ce type de jeu du chat et de la souris où ils excellaient. Puis les éclats se turent, le remue-ménage des chaises cessa ainsi que la poursuite, ce ne furent plus que murmures dont les murs du mas étouffèrent pudiquement les échos.

– Finalement, si je comprends bien, tu ne vois pas de relation entre les deux affaires, interrogea Léonie, tout en allumant une cigarette. Paul la regarda. De profil, assise dans le lit, belle, mature, le drap rejeté découvrant ses épaules nues et l'émergence des seins. Brune, avec le flot du chignon délié qui s'ébrouait sur l'oreiller. Aurore d'un soleil noir.

– Tu veux parler des disparus ? Non, je ne trouve pas de rapport immédiat avec la fausse tombe, ou alors c'est très alambiqué. Serait-ce un signe ? Un rappel ? Un témoignage, une allégorie pour les disparitions ? Mais que viendrait donc faire la photo ? L'enquête de gendarmerie a fini par établir que ce n'était pas celle d'un des papis, mais d'un certain Alexandre Dieuleveu. Le « Midi-Libéré » a publié avant-hier une demi-page.

– Ils ont fait comment les pandores pour découvrir son identité ?

– La photo a été communiquée dans la presse, les mairies et les gendarmeries de la région. Une Sétoise aurait reconnu son cousin germain, un marin disparu en mer. La photo remonterait à l'époque où il était dans « La Royale ».

– La royale ?

– C'est ainsi qu'on nomme encore la marine nationale, en souvenir de la flotte de Sa Majesté. Le gars aurait fait ses classes sur des bâtiments de guerre avant de devenir marin de commerce. Il était capitaine au long cours lorsqu'il périt dans le naufrage de son navire. Donc, apparemment, rien à voir avec les Cévennes, nos cinq disparus et Saint Germain-la-Clède. Par contre, il s'est bien fait photographier, jeune matelot engagé, au cimetière marin de Gruissan.

– Bizarre cette histoire.

– Oui. Et je suis à peu près certain d'avoir levé un lièvre, là-bas. Mais c'est encore un peu flou dans ma tête.

– Cela va s'éclaircir. Sûrement plus vite que pour retrouver les petits vieux... Savais-tu qu'ils faisaient tous partie de ma clientèle ? Je leur amenais quelquefois des médicaments. Et voilà qu'on me les kidnappe. J'espère qu'il n'y en aura plus d'autres, sinon je vais finir par fermer boutique.

– Rien de moins sûr qu'il s'agit d'enlèvements. Aucune rançon n'a été réclamée. D'ailleurs, ils n'avaient pas de famille. Ou, ils se sont barrés – mais à leur âge, et les cinq ensembles, cela paraît improbable, et pour quelle raison ? – ou, on les a proprement escamotés. Et, là aussi, à se demander pourquoi.

Chapitre XVIII

On ne peut pas dire que l'agitation policière au Mas des Combes passa inaperçue. Très vite, une foultitude de *badarels** fit le déplacement vers les funestes ruines, antre de tous les mystères. Pour œuvrer en paix, la section de recherche de la gendarmerie, mise sur le coup par le parquet, bloqua l'ensemble des chemins qui y menaient. Les découvertes macabres ne restèrent pas longtemps ignorées – le téléphone arabo-cévenol, mis en branle par Clovis, fonctionna à pleines trompes d'Eustache – et tout le canton et ses environs d'y aller de commentaires horrifiés en supputations quant à l'immonde coupable. Elles se firent entendre, les pipistrelles ! Les Giselle, Josette et consorts ! Et le bougon Raoul, et l'Antoine – roi du yaka, et le Gérard – qui exigeait qu'on le laissât passer, au nom de « La Presse libre et indivisible ! », menaçant même d'en appeler « à la Cour de justice européenne ! »

Étranger à cette ébullition, Verdeilhan gardait la tête froide. Il ne s'était jamais vraiment intéressé aux disparitions. Le mystère de la fausse tombe – ce que l'écrivain pensait depuis le début – n'avait donc aucun lien avec elles. Une confirmation, et tantôt il aurait résolu l'énigme. L'homme était satisfait. Mais, comment réagirait l'auteur de cette mise en scène lorsqu'il se saurait découvert ? Notre détective courait-il un risque ? Ne serait-il pas plus prudent d'informer les autorités ? Dans son for intérieur Verdeilhan répugnait à dévoiler sur la place publique ce qui relevait de l'intime, de la sphère privée. Et puis, s'il pouvait s'exprimer ainsi, à la différence des vieux papis, finalement il n'y avait pas mort d'homme ! Ce n'était qu'une histoire, une belle histoire plus forte que l'absence.

---

* - Badarel : badaud.

La dame de Sète avait été surprise de l'appel. Au début, elle n'avait pas bien compris les motivations du romancier. Que pouvait donc avoir à faire cet inconnu avec la mémoire de son cousin germain, Alexandre Dieuleveu, péri en mer il y a un an ? Uniquement de la curiosité, une curiosité attisée, quand Paul eut confirmation par son interlocutrice que la date anniversaire du naufrage s'avérait à peu près correspondre à l'apparition du « cénotaphe de Saint-Germain ». Un cargo, le « Fontaine », dont Alexandre Dieuleveu était commandant, avait sombré au large des Açores lors d'une tempête de tous les diables, en entraînant dans la mort ses dix hommes d'équipage. Ce drame, Verdheilhan en avait eu connaissance en privilégiant, parmi les dizaines d'ex-voto, l'un dont il s'était rappelé les détails.

Ce qui l'avait étonné alors, entre tous les témoignages de ferveur qui remerciaient la Vierge d'avoir intercédé en faveur d'un des siens, c'était que celui-ci tranchait, racontait un naufrage sans survivants. Par définition, ces petits chromos – présents faits à la suite d'un vœu généralement prononcé par un marin en danger – louent la providence. Mais dans ce cas particulier, en absence de précision du cartouche, la mer semblait avoir pris son dû sans que personne ne fût épargné, ne pût raconter le drame et formuler quelque pieuse demande auprès des proches. Un ex-voto conçu in memoriam, à l'instar des cénotaphes qui parsemaient l'allée des naufragés. Par le même attachement de la mémoire qui, un soir de printemps, dans un coin perdu des Cévennes, avait motivé l'élévation d'un humble monument à l'Absent.

Paul revoyait nettement l'ex-voto. Sa représentation désormais lui apparaissait claire. La brume, évaporée, subsistait le souvenir présent, bien présent. Celui d'une marine dont une main attentive s'était appliquée à rendre les détails les plus précis possible. S'il subsistait quelques doutes, Paul en aurait vite la certitude. Il avait commandé au syndicat d'initiative de Gruissan l'album récemment édité par la municipalité qui reproduisait l'ensemble des fervents témoignages de la chapelle des Auzils. Mais, sans attendre, il revoyait parfaitement le petit bateau à la coque bleu outremer qui tentait désespérément d'émerger d'entre les vagues représentées comme des langues rapaces, sous un ciel orageux, vide de toute présence divine. Et puis, un cartouche en bas du cadre rappelait le naufrage. « Mars 20... au large des Açores disparut le "Fontaine", son commandant et tout son équipage. » Et, plus loin : « À mon ancien camarade et compagnon, son double de cœur. »

Oui ! C'était parfaitement ce qui était écrit : « son double de cœur ». Une amitié profonde et plus, sans doute, un amour sincère. Et le nom du navire naufragé : « Le Fontaine ». Curieuse appellation pour un bateau. Peu commune, certes ! Au lieu de : « La Marie-Galante », « La belle Margot », « Le Mistral », « La Rascasse » ou bien – Sète ayant été son port d'attache –, pourquoi pas « Le Saint-Clair » ? Mais, « Le Fontaine » ? À quel lien cela faisait référence ? À quelle source ? La relation ne lui était pas immédiatement apparue ; toutefois, enfouie dans le puits de la mémoire, quelque chose comme une subtilité étymologique titillait Verdeilhan. « Fontaine »... c'était aussi quelquefois un patronyme.

Chercher au-delà de l'apparence. L'idée d'un patronyme n'était pas à rejeter, un patronyme caché dans le nom du navire, dissimulé comme dans un palimpseste, qui se révélerait en filigrane. Dans certains dialectes méridionaux, « Fontaine » se dit parfois : « fontane », du latin « fontana ». Il existe des villages, des lieux-dits, avec cette appellation. On dénombre des « Fontanés » dans l'Hérault et le Gard. De nombreuses familles dont les lointains ancêtres ont sans doute vécu près d'une source – une font – ou, originaires d'un de ces lieux, portent ce nom. Les « Fontane » essaiment dans le bas Languedoc et en Cévennes. Un patronyme, tel que celui du maire de Saint Germain-la-Clède : Gaston Fontane qui fut, dans une autre vie, marin de commerce, chose connue de tout le pays. Un marin qui avait fait ses classes dans la « Royale », tout comme Alexandre Dieuleveu. Paul eut la révélation que ces deux-là se connaissaient, fondus dans une amitié par-delà les ans. Une amitié qui renverrait aux « Deux amis » de La Fontaine – coïncidence ? – fable parmi les préférées de Verdeilhan...

« *Deux vrais Amis vivaient au Monomotapa :*
L'un ne possédait rien qui n'appartint à l'autre.
Les amis de ce pays-là
Valent bien, dit-on, ceux du nôtre. »

… et dont la conclusion affirme, magnifique, les liens invisibles, mais pour autant transcendants, d'une pure définition de l'amour.

« *Qu'un ami véritable est une douce chose !*
Il cherche vos besoins au fond de votre cœur ;
Il vous épargne la pudeur
De les lui découvrir vous même ;
Un songe, un rien, tout lui fait peur,
Quand il s'agit de ce qu'il aime. »

Rien, rien tant qu'une belle histoire d'amour qui, comme beaucoup de belles histoires, s'enfouit dans les souvenirs. Les souvenirs vivaces qui témoignent du passé. Verdeilhan était certain, maintenant, que la mystérieuse tombe vide, apparue dans le petit cimetière de Saint Germain-la-Clède, tout autant que l'ex-voto, était bien l'œuvre du maire ; de Gaston Fontane qui, ce faisant, enterrait symboliquement avec sa jeunesse, son ami et sans doute son amant auquel il avait rendu un dernier hommage en forme de cénotaphe.

Paul se l'avouait, c'est avec mauvaise conscience qu'il s'était traîné vers la mairie, comme forcé par une nécessité impérieuse. Avait-il tant besoin d'assurer son ego de la justesse de ses déductions auprès de l'intéressé ? Un homme accablé, à n'en pas douter. Ne pouvait-il le laisser dans sa solitude ? Somme toute, Fontane n'avait fait aucun mal, sinon d'avoir été celui par qui le scandale arrive ; le scandale que provoque toute intrusion du bizarre dans le quotidien soporifique. Mais, en cela, il avait aiguillonné l'imagination des uns, attisé le délire interprétatif des autres ; été à l'origine du grand questionnement, de l'interrogation vivifiante de tout un village. N'était-ce point avoir fait preuve de salubrité publique ? Paul ne voulait pas humilier Gaston Fontane, mais seulement, par sa propre bouche et ses propres mots, l'entendre, savoir et comprendre.

Il était près de dix-heures du soir, Fontane était encore à la mairie. De son mas qui surplombait la place, Verdeilhan avait aperçu la loupiote allumée dans le bureau de l'élu et s'était décidé à le rejoindre pour avoir un entretien définitif. Par la fenêtre aux rideaux entrouverts, il distinguait maintenant le maire assis à sa table de travail, penché sur d'épais dossiers. Regard volé sans être vu qui faisait de Paul un voyeur. Un voyeur décelant l'air préoccupé de l'homme qui paraissait travailler mais, de fait, abandonné au silence de ses pensées, figé dans ses méandres. Un instant d'hésitation, laisser le temps suspendu sur cette image de la complexité humaine. L'air était doux, les arbres, renaissant de l'hiver, légèrement balancés d'une brise timide ; un soir de printemps tel une pause. Verdeilhan était seul sur la place, mais de toutes parts, des bâtiments alentour, des yeux affamés pouvaient guetter, épier, douter. Il entra donc sans plus attendre.

La clochette tinta ; comme, dans le temps, elle eut alerté de l'arrivée d'un chaland le commerçant qui farfouillait dans son arrière-boutique. Fontane leva les yeux, mais n'eut pas l'air surpris outre mesure.

– Bonsoir, monsieur le maire.

– Bonsoir.

– Vous travaillez toujours aussi tard ?

– …

– Ah ! Les responsabilités de la fonction, même dans un petit village.

– ...

– Je vous dérange, mais je dois vous parler... sans témoin.

– …

– Ne voyez de ma part aucune intention maligne, mais je...

– Que voulez-vous ?

– Entendre la vérité... votre vérité !

– ...

Fontane posa sur Paul un regard embué, détaché des contingences du présent... Duel des regards, opacité du silence...

– Ma vérité ? laissa-t-il enfin échapper.

– Je suis allé à Gruissan, au cimetière marin.

– ...

– J'ai visité la chapelle des Auzils. J'ai vu les ex-voto, dont... celui dédié au naufrage du « Fontaine »... que vous avez réalisé !

– Je connais cette chapelle, elle contient beaucoup d'ex-voto.

Fontane n'avait nullement sursauté sous l'affirmation. Verdeilhan gardait le silence et attendait...

– Mais je ne vois pas à quoi vous faites référence.

– Monsieur le maire, s'il vous plaît, soyons dignes l'un de l'autre !

Fontane fixa intensément son interlocuteur, mais comme ce dernier, déterminé, ne cillait pas, se décida à poursuivre.

– Bon, admettons, mais en quoi cela vous regarde si j'ai voulu honorer la mémoire d'êtres qui me sont chers ?

– J'ai fait ma petite enquête. Il y a un lien entre le drame du « Fontaine » et la photographie placée dans la boîte enfouie dans la fausse tombe. Le jeune homme sur le cliché, c'est Alexandre Dieuleveu, le futur commandant de ce cargo qui a sombré il y a un an. Et cette pseudo sépulture – il vaudrait mieux dire un cénotaphe, n'est-ce pas ? – vous l'avez creusée à la date anniversaire du naufrage. Alexandre Dieuleveu et vous, engagés tous les deux dans la marine nationale, avez longtemps navigué sur les mêmes bâtiments. Vous étiez plus que des amis, des « doubles de cœur », selon votre jolie expression. Sans doute, la mention « octobre 1961 » gravée sur la pierre que vous avez déposée en guise de stèle rappelle votre première rencontre ou... le commencement de votre liaison.

– Monsieur le romancier rien ne semble vous avoir échappé... Que rajouter ? Oui, nous étions très jeunes. Nous fûmes immédiatement attirés l'un vers l'autre, un véritable amour, beau, puissant, sincère. Mais, à cette époque il s'agissait d'un interdit, on se gardait bien de faire état de ce type de relations. Encore de nos jours, dans certaines campagnes profondes ou dans les banlieues, gare à celui qui les étale à la vindicte publique. Jusqu'à présent, j'ai pu garder le secret.

– Alors pourquoi cette mise en scène ? Quitte à vous faire démasquer.

– Peut-être qu'inconsciemment je voulais qu'il en soit ainsi. Je n'avais plus revu Alexandre depuis des années. La vie nous avait séparés, même si nous correspondions toujours. Restait le souvenir ; un souvenir vivace, une petite flamme, un feu qui couvait, que j'entretenais à ma manière. Et puis, un matin, en recevant l'édition sétoise du « Midi-Libéré » à laquelle je reste abonné, j'ai appris la terrible nouvelle. Un pan de mon passé s'écroulait, qui méritait mieux qu'une simple pensée. Dans les semaines qui ont suivi, j'ai déposé l'ex-voto. Un an après, j'ai désiré marquer mon deuil d'une pierre, que l'image de mon tendre ami puisse reposer dans mon village. J'ai conçu cette fausse tombe, à l'instar des cénotaphes de Gruissan que nous avions découvert, lui et moi, dans notre jeunesse. J'ai glissé une photo d'Alexandre que j'avais prise là-bas.

Fontane se tut. Comme Verdeilhan se taisait aussi, il s'inquiéta.

– Qu'allez-vous faire, maintenant que vous savez ?

– Rien, strictement rien. C'est une histoire qui vous concerne, seul, et que je ne divulguerai pas. Ma satisfaction, c'est d'avoir résolu l'énigme, de ne m'être pas trompé.

Fontane considéra l'écrivain, balançant entre soulagement et gêne.

– Merci, mais vous me tenez. Je n'ai plus aucun secret... puis-je en dire autant de vous ?

Verdeilhan lui demanda de préciser sa pensée.

– Moi aussi, j'ai fait ma petite enquête. Vous êtes natif d'Alès, mais vous n'en faites pas état. Fils unique, vous n'avez pas vraiment connu votre père, mort dans un accident d'automobile quand vous étiez petit enfant. Votre mère, employée de bibliothèque, vous a d'abord élevé seule. Ses parents, décédés avant votre naissance, étaient originaires du coin ; il semblerait même qu'elle ait longtemps gardé de vieux cousins à Saint-Germain. Et voilà que vers l'âge de dix ans, vous êtes soudainement confié à vos grands-parents paternels, dans la région parisienne. Pour quelles raisons ? Ce dut être un sacré traumatisme pour le petit garçon que vous étiez... être ainsi arraché au giron maternel.

– D'où tenez-vous tout cela ?

– Mais, vous êtes quelqu'un de connu ! Il y a des articles biographiques qui paraissent... et puis, « Wikipedia ». On lit, on s'instruit à la campagne, que croyez-vous ?

Paul Verdeilhan ne souhaitait pas s'étendre plus que nécessaire. Il répondit à son interlocuteur que sa mère n'avait pu faire autrement, pour des considérations qui ne regardaient qu'elle. Il n'avait pas à la juger. Ses grands-parents l'avaient entouré de tendresse et d'attention ; grâce à eux, il était devenu un homme.

Fontane crut devoir changer de sujet, déviant sur les disparus et Léonie.

– Saviez-vous qu'ils étaient tous les cinq ses clients ?

Chapitre XIX

La tête saucissonnée de bandages, le brigadier-chef faisait penser à un de ces fakirs de bazar dans quelque tournée de province. Juste s'il pouvait enfiler son képi ! Mais le digne militaire, contre l'avis de la faculté, n'avait point voulu profiter d'un arrêt maladie – ô combien justifié ! – ce qui lui valut respect de ses congénères, de la brigade entière et de l'état major. Ulcéré de s'être fait surprendre, fort d'avoir côtoyé la mort de si près, Mazel, son sentiment du devoir raffermi, prenait très à cœur d'élucider la dramatique affaire. Bien que la section de recherche de la gendarmerie ait été chargée d'enquêter sur ce qui s'avérait être maintenant des meurtres, avec à sa tête le capitaine Hubert Heurtebise, la brigade de Saint-Jean n'avait pas été totalement dessaisie, eu égard à sa connaissance du terrain.

Cinq cadavres avaient été retirés de la citerne, dont certains y croupissaient depuis plusieurs mois. Malgré l'habitude, quelques pompiers, en œuvrant, faillirent tourner de l'œil rien qu'à l'odeur. Quant à l'aspect des malheureux, l'abomination absolue. Des outres gonflées à éclater, des gueules de poissons-globe revisitées docteur Frankenstein. Cette « chose qui n'a de nom dans aucune langue », dixit le vieux Bossuet, avait été extirpée de la citerne, horrible vérité sortie du puits ! Bien entendu, rien n'avait été négligé quant aux analyses scientifiques. Empreintes, recherches d'ADN et indices de toute sorte ; l'endroit avait été passé au peigne fin, scanné, fouillé jusqu'à la moindre encoignure, jusqu'au plus petit caillou et la citerne entièrement vidée. Les effets des victimes avaient de même subi tous les prélèvements, examens possibles et imaginables, mais allez trouver quelque chose, la plus infime trace, sur des vêtements qui ont si longtemps mariné !

Les disparitions étaient, hélas, élucidées, mais quel rapport avec la fausse tombe de Saint Germain-la-Clède et, y avait-il d'ailleurs un rapport ? Cinq victimes, aucun mobile un tantinet décelable, la forte présomption d'un *serial killer* en liberté, nul début de bout de pelote de piste. Pas de quoi pavoiser. À part cette histoire de tiercé gagnant qui remontait à 1969 – un bail ! – et la photo de groupe des cinq futurs de cujus en goguette – ils ignoraient alors, les pauvres types, le sort qui leur était échu ; puis, le témoignage de Clovis, la phrase sibylline qu'aurait prononcée le dernier disparu. Mais n'ayant rien d'autre à disposition, fallait bien se contenter de ces éléments disparates pour investiguer.

Mazel, qui secondait désormais le capitaine Heurtebise, en était là de ses cogitations ; il faisait le tri dans le courrier avant qu'un pli noyé dans la pile eût attiré son attention. La missive n'était pas timbrée, certainement directement déposée dans la boîte aux lettres de la gendarmerie. Nulle adresse ne figurait sur l'enveloppe. Il y était ostensiblement inscrit : « À l'attention du Brigadier-chef revenu d'entre les morts »... avec des mots soigneusement découpés dans une revue ou un journal. « Si ça, ce n'est pas une lettre anonyme, je veux bien manger ma moustache ! » s'exclama le gendarme. De telles missives, certes, toutes les brigades de France et de Navarre en recevaient des flopées. Témoignages de la haine et de la bassesse ordinaires. Souvent, des délations de voisinages dues à la jalousie, la bêtise et la méchanceté. Dénonciations d'adultères, de fraudes à la sécu, au fisc, de travail au noir ; bref, le quotidien misérable mouchardé par une poignée d'éminents non moins misérables. En général, ça méritait le « classement direct », selon l'expression consacrée ; « hop, au panier ! » Les gardiens de l'ordre n'avaient habituellement rien à faire de ces torchons tapis dans l'anonymat, d'une pleutrerie triomphante qui rappelait tristement les heures les plus noires de notre Histoire. Mais, compte tenu du contexte où tout élément nouveau pouvait s'avérer servir l'enquête, le gendarme n'hésita pas. Ayant enfilé des gants pour ne pas gâcher les empreintes susceptibles de s'y trouver, Mazel, très précautionneusement, ouvrit l'enveloppe et s'enquit du contenu, une feuille arrachée à un cahier d'écolier.

« Qui va à la chasse perd sa place ! Comme qui dit le proverbe... Et même quelquefois la vie ! Feriez bien de rechercher dans "Le menteur", pas si menteur, *ben lèu** ! »

Court comme bafouille. Le moins qu'on puisse dire, c'est que l'auteur avait donné dans le laconique et l'abscons. Que pouvait signifier ce charabia ? Un membre lambda de la maréchaussée n'est pas forcément doué pour les charades. Néanmoins, le quelqu'un ou la quelqu'une qui avait concocté ce billet, n'aurait pas pris le risque de le faire parvenir à la Gendarmerie, avec l'aléa de se faire surprendre lors du dépôt, si cela n'avait son importance. Il était impératif d'en décrypter le sens.

– Lequel d'entre vous s'est occupé du courrier ? Interrogea Mazel à la cantonade.

– Moi, chef

– Alors Verdurin, vous n'avez rien remarqué de particulier ?

– ...

– Vous n'y jetez jamais un coup d'œil avant de le déposer sur le bureau ?

– Parfois, chef, mais pas aujourd'hui.

– Vous n'avez donc pas vu ça ! Mazel lui mit le billet sous le nez.

– ...

– Eh oui, gendarme ! Et quelque chose me dit que cette délicieuse missive va accroître mon mal de tête... Dites, par miracle, l'un d'entre vous aurait-il aperçu un quidam qui se serait approché de la boîte aux lettres ?

– Chef, il n'y a pas de planton à l'extérieur

– Je sais, et pour le coup c'est bien dommage.

Le « menteur ». ? Ce qualifiant ne cessait de s'imposer à Mazel. Le « menteur » ? Comment dire ? L'obnubilait ! « Le menteur » !

---

* - Bèn lèu : peut-être.

Oui, un truc, une souvenance qui affleurait à sa mémoire. Mais quoi ? Qu'est-ce que cela pouvait évoquer ? « Le menteur » ! Dans la buée des souvenirs survint l'image du grand-père paternel. Un vieil anar, celui-là, qui en aurait avalé sa pipe s'il avait su qu'un jour le petit dernier tournerait pandore. De longue à conchier la société, éructer contre l'establichement, comme il disait, et les chiens de garde du système, tous ces journaux à la solde du pouvoir qui vous racontent des craques à hauteur de colonnes et que le populo – pauvre gogo –, gobe sans barguigner. « Que dit "le menteur" aujourd'hui ? » interrogeait-il, chaque fois que la mère amenait le journal. Le menteur ! Oui, c'était cela ! Le menteur ! C'est ainsi que quelques *rouspétaïres** qualifient encore les journaux.

Chercher dans les anales du « Midi-Libéré ». Mais chercher quoi ? La réponse était forcément dans le dicton. « Qui va à la chasse perd sa place ». Le gendarme se souvint de la présence de fusils dans la demeure de certains disparus, et notamment chez Pelous, grand veneur devant l'éternel ! Mais dans le coin, tout le monde était plus ou moins chasseur. Comme une homologation de virilité.

« Qui va à la chasse perd sa place ! » Mais que peut-on perdre en allant à la chasse ? Le gibier ? Absurde... Son chemin ? Non plus. Ou bien, alors... pendant que l'autre est à la chasse, le nid reste chaud... et gare au coucou ! Une histoire de fesses. Là, la piste pouvait s'avérer intéressante... Mais, s'il était question d'adultère, qui donc perdait sa place et pouvait aussi perdre la vie ? Il ne pouvait s'agir que du cocu... un cocu qui serait chasseur... et qui serait tué ! Or, les cinq victimes n'avaient jamais été mariées. Mauvaise pioche, impasse, cul-de-sac. Continuer à chercher, chercher à comprendre.

Mais, peut-être, ne devait-il pas entendre le proverbe au premier degré ? Se fourvoyait-il ? Somme toute, il s'agissait d'une maxime très générale ; elle prenait l'image de la chasse pour signifier que les absents ont toujours tort. Alors... Ben, alors

---

* - Rouspétaïre : grincheux, grognon.

quoi ? L'infini des interprétations ouvrait un abysse interrogatif et, en matière d'abysse, notre bonhomme avait suffisamment été servi. Par confort moral, Mazel préféra en revenir à sa première idée : la chasse voulait bien dire la chasse !

Comment peut-on perdre la vie en allant à la chasse ? Un accident de chasse pardi ! Le message faisait-il référence à un accident qui, en représailles, aurait motivé une pareille hécatombe ? Le seul accident de ce type dont il avait eu connaissance était celui du fils de « la veuve » ; Pierre, qu'il devait se prénommer, si ses souvenirs – enfin ce qu'on lui avait relaté – étaient exacts. C'est que cela remontait à près de quarante ans ! Lui, Mazel, n'était pas né ; il voyait mal pourquoi Bertrande aurait attendu aussi longtemps pour assouvir une vengeance, si tant est que les victimes eussent été dans le coup ! Ils devaient être jeunes à cette époque. Mais vraiment, le gendarme n'arrivait à imaginer cette vieille dame, même un peu folle, avoir la force physique de perpétrer tous ces crimes puis de balancer ses victimes dans la sinistre citerne.

Le Brigadier-chef savait ce qui lui restait à faire. D'abord une vérification auprès de l'amicale des chasseurs pour vérifier si les pauvres gars y étaient inscrits et ensuite, plongée aux archives, y retrouver les procès-verbaux de l'enquête afin de connaître les détails et les acteurs du drame, à condition que les évènements ne soient pas trop anciens, ce qui risquait d'être le cas de l'accident du fils à Bertrande. Cette dernière, il ne manquerait pas de l'interroger. Mazel se déplacerait en personne, car c'était « son » enquête – quoi qu'en dise sa hiérarchie – et c'était à lui qu'il incombait – à lui seul ! – de l'élucider.

Pourquoi Fontane avait-il insisté ? « Comme s'il avait voulu instiller le doute en moi », s'étonnait Verdeilhan. Façon pour le maire de prendre une petite revanche sur les investigations le concernant. Bien sûr, le lien de clientèle qui unissait sa maîtresse aux petits vieux n'avait pas échappé au romancier. Léonie, la première, en avait parlé. Il se souvenait d'ailleurs qu'un soir où il dînait chez elle, pendant qu'elle préparait le repas, il avait aperçu, qui traînait sur un secrétaire, la liste des commanditaires ainsi que leurs adresses. Verdeilhan s'était fait la remarque que la jeune femme ne chômait pas. Il n'avait pas vraiment prêté attention aux noms inscrits, mais, en y réfléchissant, il lui semblait bien avoir vu figurer certains des disparus. Y avait-il des conclusions à en tirer ? Léonie n'avait pas ces cinq victimes comme seuls clients ! Nombreuses étaient les personnes âgées qui, ayant du mal à se déplacer, faisaient appel à ses services de portage. Elle s'était fait une clientèle d'habitués, et c'était tant mieux pour elle. Une clientèle bien vivante – enfin, pas encore morte !

Après son entretien en forme de confession, Fontane était resté songeur, longuement, accoudé sur son petit bureau, les yeux mi-clos. En voulait-il à l'écrivain de lui avoir ainsi « tiré les vers du nez », que ce dernier eut piétiné son jardin secret ? Même pas. En fait, l'homme éprouvait comme un soulagement. Verdeilhan était une personne intelligente et sensible, assurément. Que ce dernier ait deviné et sache désormais, était somme toute un bien.

Une bonne chose, qu'il puisse partager avec lui sa blessure de mémoire ! Avec le dépôt de l'ex-voto et la mise en scène de la sépulture, Fontane n'ignorait pas avoir posé un acte, et cet acte, dès l'origine, ne demandait qu'à être interprété, percé à jour... compris par un autre, dans une sorte d'empathie complice dont le secret ferait le lien.

Par contre, Fontane s'étonnait que les gendarmes n'aient point encore, semblait-il, fait la relation entre Léonie et les victimes. Tenu partiellement au courant de l'évolution de l'enquête en sa qualité de maire, il lui était évident qu'ils pataugeaient piteusement. Sans doute devrait-il attirer leur attention sur... la coïncidence. Fontane se promettait d'en toucher un mot au Brigadier-chef dès leur prochaine rencontre.

Chapitre XX

Mazel n'avait pas voulu convoquer Bertrande, eu égard à son grand âge. Après en avoir informé Heurtebise, il avait jugé plus respectueux de se rendre chez elle. Pour autant, il comptait l'entendre sur ses déplacements nocturnes, connus de tous, mais aussi sur le passé. Mazel voulait s'assurer de l'absence de liens entre les disparus et l'accident de chasse dont avait été victime Pierre cinquante ans auparavant – une paille ! Toutefois, c'était avec réticence, voire avec une certaine répugnance doublée d'appréhension, que le brigadier entreprenait cette démarche. Mais il y avait ce billet anonyme, ces allusions à la chasse ; il se devait de ne négliger aucune piste. Le brigadier-chef connaissait l'aïeule de réputation, l'affaire s'annonçait délicate.

Et délicate elle fut ! Jamais, de toute sa carrière, notre gendarme n'avait été confronté à un tel mutisme. Et puis, ce regard noir-corbeau qui vous transperçait comme une lame ; cette silhouette sèche, ce port de tête altier, ce menton têtu ; ces lèvres, fermées tel un étau, exsangues. Fantôme claustral et renfrogné, dans une maison dépourvue de vie où chaque objet, meuble, instrument, semble guetter la moindre seconde d'inattention du visiteur pour se ruer sur l'imprudent ! Une impression de malaise exhorte à quitter la place au plus vite. Mais le brigadier-chef tint bon, insista. Bertrande, lasse peut-être, voulant assurément se débarrasser de l'importun, se résolut à répondre aux questions de Mazel, à relater la mort de Pierre, le suicide de son époux et l'enquête qui s'ensuivit, totalement bâclée selon elle. Ses errances nocturnes, l'aïeule les justifia par les insomnies dont elle souffrait. Elle n'était point folle, comme d'aucuns le croyaient – ni sorcière, ni folle ! Mais désespérée, à tel point qu'elle ne survivait que pour perpétuer la mémoire de ses deux êtres chers qui n'existaient plus que par elle.

Quant au billet anonyme, la vieille grimaça un sourire après que l'enquêteur le lui eut fait lire.

– *Vaï* ! Je me doute bien de qui ça peut-être !

– Vous pensez en connaître l'auteur ?

– Ça se pourrait.

– … ?

– Mais dirai rien.

– Il faut parler, madame... dans l'intérêt des recherches et dans votre propre intérêt. Le... dénonciateur... semble sous-entendre que...

– *Què* ? Mon *droulet** a été tué lors d'une partie de chasse et – *pamen*** ! – je me serais vengée ?

– …

– *Vé* ! Après tant de temps ? Renseignez-vous un peu, au lieu de croire en ces *répapiages**** ! Les *garçouns*****, les cinq qui ont passé l'arme à gauche z'ont jamais chassé avec Pierre, jamais ! Cette *bézugno******, faut voir d'où ça vient !

– Vous ne voulez toujours pas me dire qui a pu écrire ce mot ?

– …

– …

– Cherchez du côté de Clovis. Un *bestiari*******, hypocrite et méchant... capable de tout !

Mazel ne fut pas étonné plus que de mesure.

---

* - Droulet : gamin.
** - Pamen ! : pas moins !
*** - Répapiage : divagation.
**** - Garçoun : garçon.
***** - Bézugno : besogne, chose.
****** - Bestiari : imbécile.

Clovis se tortillait sur sa chaise, tout péteux. Vraiment le cas de dire qu'il était sur la sellette, face au brigadier qui l'interrogeait et qui n'avait pas l'air,vraiment pas l'air du tout content. Mazel avait plaqué sèchement le billet anonyme sur sa table de travail, l'ayant étalé sous le nez du bonhomme qui n'en menait pas large.

– Et ceci, Clovis ! Ne me dites pas que vous ignorez de quoi il s'agit.

– Euh... c'est un papier...

– Ne vous foutez pas de moi ! C'est vous qui l'avez écrit !

– Je vous jure...

– Ne jurez pas ! Si on se donne la peine de chercher, on trouvera votre ADN sur cette bafouille ! Vous savez ce que vous risquez de balancer ainsi des lettres anonymes ? Qui plus est, dans une enquête judiciaire – une enquête pour homicide ! – d'entraîner les enquêteurs sur de fausses pistes !

– J'ai cru bien faire...

– Bien faire !

– La Bertrande, elle m'a toujours foutu les jetons, elle est bizarre. Vous savez, monsieur le Brigadier, elle *encatane**, se livre à une sorte de culte ... euh ? Comme on dit, là, chez les sorciers, dans les îles ?

– Vaudou ?

– Oui ! C'est ça, vaudou ! Un culte vaudou dans la campagne.

– Qu'est-ce que vous me chantez là ?

– Je vous jure...

– Ne jurez pas !

– C'est la vérité, mon brigadier, la vérité vraie ! Que j'ai même vu où ça se passe ; elle a construit une sorte d'autel... ce serait où jadis ils ont trouvé son fils.

---

* - Encataner : ensorceler.

– Bon... Vous nous y conduirez... on investiguera... Mais cela ne fait pas d'elle une criminelle. À son âge ? Assassiner cinq personnes par vengeance ? Avoir la force de les traîner jusqu'à la citerne du Mas des Combes ? Vous trouvez que c'est crédible ? Et tant d'années après les faits ? Faudrait-il encore que les victimes aient eu une quelconque responsabilité dans l'accident de chasse de son fils, ce qui est loin d'être avéré.

– Oui, suis peut-être allé vite, mal *déductionné*. M'en excuse, mon brigadier

– Pourquoi « Le menteur », Clovis, pourquoi avoir fait référence au journal ?

– C'est parce que j'ai découvert dans ma cave un très vieux numéro du « Midi-Libéré » qui parlait de la mort du fils à Bertrande ; un article de l'époque où le journaliste doutait de l'accident de chasse. Ça m'a fait gamberger.

– Il y a prescription, sauf si des éléments nouveaux justifiaient un acte d'enquête préliminaire. Mais des éléments nouveaux... après tant de temps !

– Dites, brigadier-chef, me vient une autre idée... à l'instant... la Léonie !

– Quoi, la Léonie ?

– Et ben, les cinq pauvres gars, la Léonie leur amenait des médocs... qu'elle me fait concurrence !

– Clovis ! Je ne vous le redirai pas une seconde fois, arrêtez de vous mêler de ce qui ne vous regarde pas, vouloir enquêter à la place des gendarmes !

– J'essaie simplement d'aider...

– C'est bon. Rentrez chez vous, et laissez-nous faire notre travail... et plus de lettre anonyme, sinon gare aux poursuites !

– Juré, mon brigadier, recommencerai pas !

Pensif, Mazel regarda Clovis quitter son bureau. Effectivement, du côté de Léonie ils avaient peut-être laissé passer quelque chose. Le gendarme n'ignorait pas l'activité de portage de la femme, mais, à l'évidence, leur enquête ne s'était pas intéressée à sa clientèle. Lorsqu'il avait, lui-même, perquisitionné chez les disparus, il avait bien repéré des médicaments. Chez des petits vieux, rien de plus normal. Le brigadier en son for intérieur était vexé que Clovis ait mis le doigt dessus. D'ailleurs, le gendarme se souvenait maintenant de la première fois où, interrogeant le facteur, celui-ci avait déjà mentionné les tournées de Léonie et la concurrence qu'elle lui faisait.

Dans le passé y avait-il un terrible secret ? Quelque chose survenu entre Léonie et les cinq victimes, un événement suffisamment funeste pour avoir motivé une telle vindicte de la part de cette femme ? Des faits si graves qui l'auraient conduite à commettre de pareilles horreurs ? L'autopsie des corps avait révélé que les pauvres gars étaient tous morts d'embolies pulmonaires provoquées par des bulles d'air dans le sang, sans doute à la suite d'injections intraveineuses. Il fallait un peu s'y connaître, mais Léonie n'avait-elle pas été un temps aide-soignante ? Et il y avait Didier, ce fils qu'elle rejetait manifestement, ce bâtard qui ne lui causait que des soucis ! Fallait-il faire un lien avec une des cinq victimes, une paternité non assumée ? Mais ce déni ne justifierait pas un tel acte, et dans ce cas, qu'en serait-il des quatre autres meurtres ? Ou bien, s'agissait-il d'un viol, un viol collectif dont le pauvre Didier aurait été le fruit, un fruit non désiré ? Et Léonie, après des années – tant d'années ! – en assouvissant sa vengeance, en se débarrassant des coupables, aurait « fait le ménage » ?

Mazel ne cessait de cogiter, tourner et retourner dans sa tête toutes ses pensées, toutes ces suppositions. N'extrapolait-il pas ? Ne se faisait-il pas un cinéma, un scénario glauque à charge pour la malheureuse ? Son premier devoir de gendarme était de garder la tête froide, et celui d'enquêteur, d'apporter des preuves au lieu d'induire, de supputer. Mais lui revenaient en mémoire les paroles sibyllines du Père Picpus – toujours rapportées par Clovis – : « on croit le passé mort, mais parfois il se venge ». Néanmoins, en concluait Mazel, si divagations de sa part il y avait, ça prenait toutefois cohérence ! Le brigadier-chef décida de mettre le capitaine Heurtebise au parfum. Après tout, le galonné avait été désigné comme responsable de l'enquête.

Alors qu'elle s'apprêtait à débuter sa tournée, Léonie vit, à travers la vitre du séjour, le véhicule de gendarmerie stationner devant la porte de l'immeuble et Mazel en descendre, accompagné d'un gradé qu'elle ne connaissait pas. Quand tinta la sonnette, elle sut que c'était pour elle.

Les gendarmes prirent place sur un clic-clac en harmonie avec la modestie du décor.

– Léonie, vous connaissiez les victimes, entreprit le brigadier-chef.

– C'est pas un mystère.

– Pourquoi ne pas nous l'avoir dit, sachant que toute information peut être utile ?

– Je pensais que vous le saviez, et puis je ne voyais pas en quoi cela pouvait aider l'enquête.

– Laissez-nous en juger, coupa sèchement Heurtebise. Les cinq malheureux faisaient bien partie de vos clients.

– Oui, je leur faisais parfois des courses, du portage de médicaments.

– Vous n'avez rien de particulier à nous déclarer ? souligna l'officier de gendarmerie, d'un ton soupçonneux.

– Que voulez-vous que je vous déclare ?

– Parlez-nous d'eux.

– *Ben...* des petits vieux, sans familles, qui faisaient leurs train-train, jouaient au tiercé ; avaient leurs manies, un peu *réboussiers** sur les bords ; certes ils picolaient, même dur, mais

---

* - Réboussier, rouspétaïre : rouspéteur.

c'étaient pas des méchants. Vraiment, rien à dire ; je ne comprends pas pourquoi on s'en est pris à eux.

– Vous êtes sûre ? insista le capitaine, d'un regard inquisiteur qui déstabilisa son allocutaire.

– De quoi ?

– Sûre de ne pas savoir ? s'obstina le gradé qui ne s'était toujours pas présenté.

– Qu'insinuez-vous ?

– Je n'insinue pas, je m'interroge. Notamment sur vos tournées, vos déplacements chez les victimes. Dans cette affaire, à notre connaissance, vous demeurez la seule personne qui fait le lien entre elles.

– Mais c'est n'importe quoi !

– Vous ne pouvez nier le fait.

– Attendez ! Vous semblez dire que j'aurais quelque chose à voir avec leurs disparitions... *bélèou** que je les aurais tués ? Tous les cinq ! Mais pour quel motif ?

– Vous pourriez avoir un mobile, un mobile qu'il faudrait rechercher dans votre passé, n'est-ce pas ?

– (…) ?

– Un mobile... en rapport avec votre fils, peut-être.

– J'hallucine ! C'est du grand n'importe quoi ! Qu'est-ce donc que ces suppositions tordues ?!

– C'est devant chez M.Verdeilhan, comme par hasard au moment où vous étiez avec lui, que le brigadier-chef Mazel, ici présent, a trouvé le briquet d'une des victimes.

– Et alors ?

– Votre fils dit l'avoir ramassé près du Mas des Combes, mais il pourrait avoir menti aux enquêteurs. Parce qu'il saurait ! Aurait récupéré l'objet que vous auriez laissé traîner ? Et

---

* - Bélèou : peut-être, pourquoi pas.

pourquoi pas... après vous avoir vu opérer ? Ou bien l'a-t-il reconnu quand on le lui a montré, parce qu'il l'aurait vu auparavant entre vos mains ? En apprenant qu'il appartenait à une des victimes, il aurait menti pour vous protéger parce qu'il vous adore même si, selon mes informations, vous ne vous en rendez pas toujours bien compte...

– Votre uniforme ne vous autorise pas...

– Les responsabilités de l'enquête m'autorisent à n'écarter aucune piste, aucun indice, aucun élément susceptible de nous faire entrevoir la vérité ; et... présentement elles m'autorisent à vous demander de nous suivre sans faire d'histoire.

Droit dans ses bottes, le capitaine Heurtebise – regard bleu acier et coupe en brosse –, contrairement à Mazel qui, en son for intérieur, trouvait cela un tantinet précipité. Ainsi contrainte de les accompagner et malgré ses véhémentes protestations, Léonie parut sur le seuil de l'immeuble entre les deux gendarmes, avant d'être embarquée dans la fourgonnette, sous le questionnement muet du voisinage saisi d'étonnement. La nouvelle fit très vite le tour de Saint-Jean, puis du canton, jusqu'à arriver aux oreilles de Paul Verdeilhan.

À la gendarmerie, la femme n'en démordait pas. Elle n'avait rien à voir avec cette sombre histoire, ne comprenait pas les supputations malveillantes du capitaine Heurtebise et réclamait à cor et à cri un avocat ! Interrogée sur la paternité de Didier, elle hurla que ça ne regardait nullement la maréchaussée, qu'il s'agissait de sa vie privée, qu'elle était en butte à des questions perverses, à un harcèlement machiste, que c'était intolérable, qu'elle ne se laisserait pas faire, ne manquerait pas de déposer plainte contre un tel abus !

Mais une nuit de garde à vue portant conseil, la malheureuse, épuisée, finit au petit matin par raconter sa part de vérité. Un témoignage qui valait ce qu'il valait ; il pouvait tout autant être contesté, remis en question. Telle était l'extrême difficulté du travail d'investigation. À défaut de preuve patente, toute déclaration, affirmation sur le cœur – jurée crachée ! – et son lot de certitudes, instillait immanquablement dans la suspicion des enquêteurs un lot équivalent d'incertitudes. Pour autant, l'histoire que narra Léonie se devait d'être entendue.

Chapitre XXI

La quasi-arrestation de sa maîtresse plongea Verdeilhan dans une profonde perplexité. Le filet se refermait sur Léonie. À défaut de preuve tangible, le peu d'éléments concordants relevés par les autorités ouvrait des perspectives dans une enquête qui piétinait, faisant de la pauvre femme une coupable facile. Des bribes de l'interrogatoire avaient fuité, qui semblaient corroborer une vengeance de la part de l'intéressée ; certains gendarmes n'avaient pas su tenir leur langue devant la meute de journalistes qui se pressait sous les fenêtres de la gendarmerie, appâtée par le scoop et le sentiment d'enfin toucher au but.

Mais qu'avait donc fini par avouer Léonie qui la mettait en danger ? Pas grand-chose, assurément, mais ce « pas grand-chose » permettait toutes les interprétations susceptibles, plus tard, de la faire condamner par un jury populaire : « en son âme et conscience ».

Pressée par Heurtebise qui s'acharnait à trouver en elle un coupable, la pauvre femme, à bout de force, s'était résignée à admettre la naissance non désirée de Didier comme le fruit d'une coucherie qui, vingt-deux ans plus tôt, par bien des côtés pouvait s'apparenter à un viol. C'était au début des années quatre-vingt. La crainte du sida n'avait pas encore étouffé le mouvement de libération sexuelle hérité de mai soixante-huit. Léonie, fraîche de sa jeunesse et libre comme l'air, avait depuis quelque temps « jeté sa gourme par-dessus les moulins », selon une vieille expression.

Un soir de fête votive à Saint-Jean, elle avait accompagné des gars qui l'avaient fait boire plus que de raison. Alors que d'ordinaire elle prenait ses précautions pour ne pas, comme on dit, « attraper un polichinelle dans le tiroir » – libertine, mais nullement naïve ! – la jeune femme s'était retrouvée au petit matin dans une grange, entièrement nue, au milieu d'individus hilares, manifestement plus âgés qu'elle – des quadragénaires – qui la pelotaient. Malgré ses tempes battant la chamade d'une gigantesque gueule de bois et ne se souvenant absolument rien de ce qui s'était passé durant la nuit, la malheureuse constata à son grand désespoir qu'on avait abusé d'elle ! Quelques semaines plus tard, elle sut qu'elle était enceinte.

Bombardée de questions sur l'identité des individus, Léonie se refusa dans un premier temps à reconnaître en ses agresseurs l'une ou l'autre des cinq victimes, même si ces derniers pouvaient avoir le même âge à cette époque, en convenait-elle. Cela n'autorisait aucunement le capitaine à faire un tel rapprochement, qui n'était qu'abusive spéculation. Et quand son inquisiteur lui rétorqua qu'en vingt-deux ans les visages changent, qu'elle avait donc peiné à identifier et à confondre ses violeurs, – ce qui expliquait tout le temps écoulé avant qu'elle ait pu assouvir sa vengeance – l'accusée assura sur ce qu'elle avait de plus cher (mais sans préciser quoi) qu'il n'en était rien !

Las ! À force d'interrogatoires serrés, l'inquisiteur eut raison des résistances de la malheureuse. Après avoir essuyé plusieurs heures durant le roulement incessant des questions et affirmations de son persécuteur et subi une telle pression morale, la pauvre femme abdiqua. Elle finit par admettre, dans un souffle d'abandon, que ses violeurs auraient pu être les futures victimes. Il n'en fallait pas plus à Heurtebise pour triompher. Mazel avait bien essayé de s'immiscer dans l'interrogatoire, de faire remarquer à son supérieur qu'il n'y avait aucune preuve tangible contre Léonie, que ses déclarations ne constituaient pas formellement des aveux, Heurtebise n'avait pas voulu en démordre. Il tenait enfin « sa » coupable ! En constatant les réticences du brigadier-chef, il l'avait tancé, en pourfendant son subordonné de son regard bleu acier. « Voyons, Mazel, cela fait des mois que vous et votre brigade – permettez-moi de le dire – piétinez dans cette affaire, et cela n'a que trop duré. Il est temps d'y mettre un terme. Le ministère public, l'opinion publique, exigent des résultats. Vous jouez votre carrière, tout autant que moi. Il y a suffisamment d'indices concordants pour désigner la dame Pasquier coupable de ces meurtres. Alors, laissez-moi mener cette enquête à sa résolution. Foin d'états d'âme qui n'ont pas lieu d'être ! »

Maintenant, il était nécessaire que la prévenue racontât dans le détail comment elle avait procédé pour commettre tous ses crimes, afin de confronter ses déclarations avec les éléments de l'enquête et les relevés de la police scientifique. Ce fut une autre paire de manches. Rien de ce qui en ressortit ne colla. L'exposé que Léonie donna bien malgré elle de l'accomplissement de ses forfaits, contrariait en de multiples points la réalité des faits établis : mode opératoire, succession dans le temps, moyens employés. N'empêche, à défaut de certitude il y avait les fortes présomptions. La femme pouvait brouiller les cartes, masquer son jeu. Le capitaine voulait en finir une bonne fois pour toutes. Il décida de transférer Léonie au Palais de justice pour la déférer au Parquet.

Rien n'est plus bêtement grégaire, sans âme, ni autre raison que la manifestation la plus viscérale de bas instincts, qu'une foule, une foule de badauds ! Attirés par l'hallali, émoustillés de croiser le regard de la « bouchère des Cévennes » – comme certains qualifiaient déjà Léonie – ces addicts du sensationnel avaient rappliqué de tous les coins du département – à croire qu'ils n'avaient rien d'autre à faire de leur journée ! Dès que la nouvelle de l'arrestation de la meurtrière des petits vieux s'était répandue – il y avait quarante-huit heures –, les tout premiers s'étaient radinés. Et depuis, ils campaient sur place, faisaient le pied de grue, piétinaient, houlaient, commentaient, palabraient, jugeaient, condamnaient déjà, sans cesse rejoints par de nouveaux arrivants qui s'agrégeaient en un consortium de voyeurs, une masse vibrionnante grossissant au fur et à mesure.

Ils étaient nombreux à n'avoir aucune considération pour la pauvre femme, à ne lui accorder de circonstances atténuantes. Elle aurait subi un viol ? Quelques mecs, forts en gueule, mouvement mussolinien du menton, plus ou moins avinés – les émotions ça donne soif ! – déclaraient sans honte que « Léonie l'avait bien cherché ! » Un tel n'hésitait pas à asséner que « seules les salopes pouvaient être violées ! » Des provocatrices, des allumeuses qui attisaient le désir du mâle par leur manière indécente de se comporter, de s'habiller et qui après venaient se plaindre !

Quelques femmes s'indignèrent de ces commentaires à l'emporte-pièce émis par d'incommensurables phallocrates aux a priori indécrottables.

– Pauvre type ! Si c'était arrivé à ta propre fille, tu dirais la même chose ?

– De quoi tu te mêles ? Pétasse !

– Et toi ? Couillu !

– Je cause pas aux gouines !

– Impuissant !

L'échange aurait dégénéré en baston si quelques esprits

plus raisonnables ne s'étaient interposés pour calmer les ardeurs des unes et des autres... et puis, surtout, faut dire que ça bougeait maintenant à l'entrée de la brigade. À brève échéance, sûr que les évènements allaient s'accélérer, il allait y avoir du spectacle !

Cernée de pandores – garde-chiourme et garde rapprochée –, Léonie sortit, menottée, raide, comme retranchée du présent. Huées et clameurs qui soudain fusèrent lui firent dresser la tête et d'aucuns, plus attentifs, plus compassionnels peut-être, crurent, l'instant d'un éclair, discerner dans son regard une expression tragique, à la fois d'étonnement et de désespoir mêlés. Poussée par les gendarmes, Léonie s'engouffra dans la fourgonnette qui devait la mener au Palais de justice. Le véhicule démarra sous les sifflets.

À l'écart, tétanisé, poings serrés, mâchoire crispée, Paul Verdeillan avait assisté à toute la scène. On avait embarqué son amie sous ses yeux sans qu'il n'ait pu rien faire. La machine judiciaire mise en branle, infernale, allait assurément broyer la malheureuse. Car le romancier ne pouvait la croire responsable de tous ces crimes ! Mais les choses étaient mal engagées, même avec un bon avocat !

L'opinion générale, la société, réclamaient un coupable. Après tant de semaines et de semaines d'angoisse et d'interrogation sur le bon fonctionnement et les capacités réelles de la force publique, on leur en fournissait un ; qui plus est, une femme indépendante, un esprit libertaire au passé douteux, sans autre famille qu'un délinquant sans père qu'elle n'avait pas su élever.

Et même si, au bout de l'instruction ou du procès, des éléments à décharge concouraient à ce que Léonie soit finalement déclarée innocente, le mal était fait. Eu égard à l'adage qu'il n'y a « jamais de fumée sans feu », le sort de la pauvre femme était plié. Aux yeux de nombreux de ses concitoyens, elle demeurerait pour toujours celle qui était sortie menottée de la gendarmerie de Saint-Jean, accusée d'un quintuple meurtre, l'impardonnable monstre par qui le scandale arrive. Combien de hoquets judiciaires n'ont jamais permis la réhabilitation de prévenus – un temps mis au pilori sous le tout-puissant projecteur des médias, jetés à la vindicte publique –, qui furent injustement accusés, condamnés à tort ? Frappées d'infamie, les victimes des errances de la justice en sont réduites à traîner toute leur vie durant, toute leur vie restante, en butte à l'ignorance têtue des compatriotes, l'inanité de leurs incessantes protestations d'innocence.

Le groupe de curieux s'éparpilla, jusqu'à se dissoudre, laissant derrière lui la traîne d'un murmure. Comme après un orage, le bourg de Saint-Jean retrouva peu à peu calme et sérénité. La vie reprit sens commun, chacun put à nouveau vaquer à ses habitudes. Les cloches de l'église, imperturbables aux aléas terrestres, persistèrent à sonner les heures ; le temple réformé garda son quant-à-soi ; le facteur expédia sa tournée ; deux vieilles, chez le boucher, cabas de circonstance, taillèrent une bavette ; à la récréation, les écoliers assourdirent tout le voisinage ; des piliers de bar, entre lectures de l'équipe, grilles du loto et du tiercé, en profitèrent pour trinquer à la mémoire de leurs coreligionnaires assassinés ; le médecin prescrit force ordonnances ; le pharmacien délivra force médicaments ;

l'épouse de Maître Piquer, huissier de justice, rejoignit son amant au petit trot ; à la maison de retraite, on déplora un décès par manque de savoir-vivre.

Et puis, dans quelques jours ce serait la nouvelle édition du festival de musiques traditionnelles et populaires « Boulegan a l'ostal » et son salon international des luthiers ! Tout le bourg s'y préparerait dans l'allégresse, en installant calicots, chapiteaux et tréteaux. Une manifestation écolo qui prenait chaque année plus d'ampleur, attirait adeptes de la ruralité, jeunesse libertaire et vieux baba cool. Danseurs, musiciens amateurs et passionnés, luthiers et facteurs d'instruments venus de France et d'ailleurs, tous rassemblés pour une fête occitane aux accents médiévaux.

Trois pleines journées où l'on tâcherait d'oublier les soucis quotidiens, le chômage endémique, et même l'affaire des cinq petits vieux. Trois jours où Saint-Jean et ses environs vibreraient aux sons de nombreux groupes et d'individus – musiciens amateurs ou semi-professionnels – qui exécuteraient des bœufs non policés, hypoallergéniques... « Bio », quoi ! Où luthiers et facteurs présenteraient à des visiteurs curieux, des centaines d'instruments du bon vieux temps d'avant l'électronique. Et puis on danserait, tard dans la nuit, on danserait jusqu'au troisième jour – rondes et bourrées –, jusqu'à minuit – gigues et maraîchines – ; on danserait, jusqu'à l'envol de dizaines de lanternes magiques !

Oui, déjà Saint-Jean tournait la page ; sauf dans les locaux de la gendarmerie où ce fut comme un grand vide. Les bureaux étriqués semblèrent soudain immenses ; dossiers empilés, procès-verbaux, affaires courantes – toute cette activité quotidienne, un instant suspendue, mais demeurée en place, parut incongrue – scories d'un autre âge – en totale superfétation. Désormais ne serait plus désormais la même chose. Il y avait eu « l'Affaire ». Elle s'était dénouée ici même, dans cette brigade, résolue grâce à la persévérance de son chef. Mais dans la tête de ce dernier, pensées, sentiments, sensations se bousculaient.

Contrairement à ses collègues, l'homme n'était nullement satisfait. Il persistait à ne pas croire en la culpabilité de Léonie.

Comment cette femme mûre d'apparence placide aurait-elle mis tant d'années à mariner sa vengeance, avant d'envoyer ad patres cinq de ses concitoyens, qui plus est des clients qu'elle côtoyait depuis longtemps ? Si elle avait dû passer aux actes, il y a belle lurette qu'elle aurait eu l'occasion d'accomplir son forfait. De même, le brigadier-chef n'imaginait pas que cette même personne ait failli l'estourbir. Il ôta son képi et se toucha l'occipital, toujours douloureux. Mazel avait bien observé Léonie durant les interrogatoires, il n'avait décelé à aucun moment ni haine, ni détermination dans le regard de la prévenue, mais une incompréhension totale de ce qui lui arrivait.

Comme chaque fois, Paul Verdeilhan avait retiré la lettre d'une main un peu tremblante. Cette lettre, il l'avait découverte par hasard un an avant de quitter la région parisienne, en farfouillant dans le vieux secrétaire dont il venait d'hériter de sa mère, morte quelques mois auparavant. Un ergot sous le panneau central avait attiré son attention. En l'actionnant par mégarde, Paul avait déclenché le mécanisme d'ouverture d'un tiroir secret. Le document ainsi révélé allait chambouler à jamais la vie du romancier. Son désir de remonter à ses sources devint obsessionnel. Le diable organisant bien les choses – l'obtention du prix Ray Bradbury et la vente du livre faisant un carton –, Verdeilhan avait pu assez vite envisager son retour en Cévennes. La mise en vente du Castel à Saint Germain-la-Clède survenue à point nommé, il avait ainsi saisi l'occasion de mouler ses pas dans ceux de son enfance.

L'homme ne pouvait détacher son regard des pages manuscrites – l'écriture de sa mère ! Ce n'était pas l'adulte, l'écrivain reconnu, mais le gamin qui redécouvrait cette écriture, une écriture fine et hésitante, une écriture douloureuse qu'il n'avait pu garder en mémoire – il était si petit à l'époque, et si ignorant des choses de la vie, si inattentif aux grandes personnes ! Une écriture, lovée de son mystère. Elle lui dévoilait ses méandres, lui faisait entrevoir l'être même de sa mère. Pour qui sait déchiffrer, rien n'est aussi révélateur de l'intimité d'une âme qu'une étude graphologique. Forme des lettres, place du texte dans la page, étude des espaces, pression du trait et expressivité du geste, autant de signes qui aident à dresser le portrait d'une personnalité. L'enfant Verdeilhan devenu adulte excellait en cela.

L'analyse minutieuse de la lettre lui faisait réaliser l'évidence de n'avoir jamais vraiment connu sa mère. Désormais, c'était bien un fantôme qui s'adressait à son fils, témoignait par delà les années, révélait l'inavouable. Un secret honteusement celé jusqu'à la mort de la pauvre femme, une vérité léguée en guise de testament. Paul en avait été durablement ébranlé. Chaviré dès la première lecture, lors de sa découverte, et chaque fois depuis, comme maintenant où – les yeux embués – il parcourait l'éprouvante missive.

Mais la vérité, aussi cruelle fut-elle dans sa nudité, ne distrayait point Verdeilhan qui songeait à l'infortune de Léonie. Jamais il ne s'était senti aussi proche de cette femme. Il l'imaginait abattue, percluse dans sa cellule comme un animal pris au piège, comptant chaque heure de sa garde à vue sans savoir à qui crier sa vérité, hurler son innocence, victime d'un sort injuste qui la dépassait. Un souci si prenant dans l'esprit de Paul, qu'il unissait, en un même tourment, le destin de la malheureuse au douloureux souvenir de sa mère.

Chapitre XXII

Si Paul avait su, son inquiétude se serait muée en un immense chagrin. Lors de son transfert, Léonie, profitant d'un instant d'inattention de ses gardiens, avait brusquement entrouvert les portes arrière de la fourgonnette, sauté du véhicule en marche et boulé lourdement sur la route. Dans la chute, la tête ayant heurté violemment un parapet, la malheureuse avait été tuée sur le coup. Tentative de s'échapper ou suicide ? Nul ne saurait jamais ce qu'avait voulu la pauvre femme, laissant les gendarmes chargés de l'escorter totalement abasourdis, et honteux de n'avoir pu prévenir le drame. Sûr, qu'à leur retour, ça allait barder pour leur matricule !

« Je m'appelle Anaïs Verdeilhan.

L'histoire que je vais essayer de relater est mon histoire, et ce n'est pas sans appréhension. Arriverai-je au bout de mon récit ? Est-ce que je ne flancherai pas avant d'avoir tout raconté ? C'est l'histoire d'un crime dont je fus la victime. Son souvenir me poursuit chaque minute de mon existence depuis 1969. Ce témoignage, je l'ai ressassé des milliers de fois avant de me décider à l'écrire. Je le laisserai après ma mort au hasard d'une découverte – telle une bouteille à la mer –, caché au fond d'un tiroir secret comme, toute ma vie, il l'a été dans mon âme.

À vingt-quatre ans, je me suis retrouvée veuve avec un petit garçon à charge, à la suite du décès de mon mari dans un accident d'auto. J'avais fait des études de lettres et j'ai pu obtenir une place à la bibliothèque d'Alès. Cela m'a permis d'élever correctement mon petit Paul, de subvenir à ses besoins, de l'entourer de tout l'amour d'une mère aimante, un amour qu'il me rendait au centuple. Le temps s'écoula comme du miel... jusqu'à cette soirée de juin. Je me demande encore quelle mauvaise idée m'a pris d'aller à cette fête foraine !

Faut dire que je me sentais bien seule. Mon fils était parti pour quelques jours chez ses grands-parents à Aulnay-sous-Bois, car son école avait été réquisitionnée pour les examens de fin d'année. C'était le début de l'été, une belle fin de journée qui s'éternisait, légère et envoûtante, comme souvent en juin dans le Sud quand le ciel est de porcelaine. Mon petit Paul me manquait. En sortant du travail, je ne sus quoi faire de ma soirée. Je n'avais pas envie de rentrer, de me retrouver dans l'appartement vide. Sur les quais du Gardon il y avait la foire, des manèges qui diffusaient la joie et une foule qui s'amusait.

En parcourant les stands, la musique à tue-tête, le bruit et le tournoiement des manèges m'enivrèrent. Je me payais une barbe à papa. La vue, l'odeur, le goût de la friandise me projetaient quinze ans en arrière. Je fermais les yeux... j'étais une petite fille ! C'est alors qu'ils m'accostèrent. Je ne les avais pas vus s'approcher. Ils étaient cinq. Je les reconnus malgré les années. Ils étaient de Saint Jean-en-Vallat, le bourg voisin de Saint Germain-la-Clède dont ma famille était originaire. J'avais d'ailleurs gardé quelques cousins au Mas des Combes que j'allais visiter quelquefois avec mon petit Paul.

C'est à Saint-Jean que j'avais passé ma scolarité au collège public. Mes parents y avaient été mutés comme concierges. À cette époque, Martin Pelous et Claude Picpus étaient connus dans le bourg comme le loup blanc. Ils formaient une bande de joyeux fêtards avec des adolescents de leur âge tels que Louis Rochon, Gilbert Lauzier et Célestin Dumas. Les anciens les montraient du doigt, les traitaient de vauriens. Mais, n'en est-il pas toujours ainsi ? La jeunesse s'oppose aux adultes, à leur soi-disant sagesse. Ces derniers, qui se voient déjà remplacés, critiquent l'appétit de vivre de la génération montante.

Mais moi, qui était plus jeune que ces garnements, à l'âge où on s'identifie à un grand-frère je les admirais en douce, enviait

– sage écolière – leur liberté, le fait qu'ils avaient depuis longtemps quitté l'école, ce qui, assurément, ne les gênait point. Et je n'avais pas été sans m'apercevoir que Martin Pelous zieutait parfois un œil concupiscent sur ma jeune poitrine. Même qu'un soir de Quatorze Juillet – je devais aller sur mes quinze ans – la canaille m'avait volé un baiser furtif, un premier baiser. Je l'avais encore en mémoire lors de nos retrouvailles. Un souvenir resté si doux jusqu'à ce jour maudit, mais qui depuis m'est insupportable.

Matin Pelous me demanda ce que j'étais devenue – nous ne nous étions pas revus depuis longtemps. Maintenant, c'était un homme dans la force de l'âge, tout comme les quatre lurons qui l'accompagnaient. Il fut le premier à complimenter « la belle femme que j'étais », vite imité par les autres qui se pressèrent autour de moi, me couvrant de louanges plus ou moins lourdes et bienvenues. Manifestement, ils étaient déjà gris d'avoir fêté – je n'allais pas tarder à l'apprendre – le confortable gain d'un tiercé qu'ils se partageaient. D'ailleurs la « nouba », selon l'expression de Claude Picpus, ne faisait que commencer et, en me voyant esseulée, les cinq proposèrent que je me joigne à eux. Un réflexe me conseillait de refuser l'invitation – que n'ai-je suivi ma première intuition ! –, mais Martin Pelous doucement insista. Sa voix était chaleureuse, réconfortante. J'étais encore une femme dans la plénitude de sa féminité et – dois-je le reconnaître ? – à laquelle le veuvage prolongé commençait à peser. Souvent, à la nuit tombée, petit Paul endormi, je rêvais d'une épaule virile où poser ma tête. Et quelquefois, il faut que je l'avoue, mon corps avait ses exigences. Et cette soirée-là, plus que toute autre, je ne désirais pas être seule, fut tentée d'accompagner ces joyeux drilles, de m'associer quelques heures à leur bonheur de vivre et d'être ensemble.

Ils m'embarquèrent dans une virée où nous fîmes, de la Grande Roue au Grand Huit, tous les manèges pour adultes. Bien qu'ayant refusé à plusieurs reprises de boire au goulot avec eux, alors que mes compagnons ne se privaient pas d'écluser bouteille de champagne sur bouteille de champagne, je fus grisée, lentement envahie par un sentiment d'euphorie. Je ne m'appartenais plus vraiment, j'étais un peu folle. Dans la demi-obscurité du train fantôme, Martin Pelous me fit des avances que je repoussais. J'avais bien accepté un baiser, mais lorsqu'il avait tenté de me peloter, j'avais prestement retiré sa main, lui signifiant qu'il allait trop loin, que c'était trop rapide. Et puis, il y avait les autres. Mes arguments étaient ambigus. Crut-il à un encouragement de ma part ? Quand nous eûmes épuisé toutes les attractions, la nuit était largement avancée. Je décidai d'enfin rentrer chez moi. Martin Pelous me proposa de me raccompagner, il retrouverait ensuite ses copains. Immédiatement, je refusai. Il insista, craignait que je rentre seule, à cette heure tardive les rues n'étaient pas sûres. Or, j'habitais assez loin. Je me rendis donc à ses arguments. Nous laissâmes nos compagnons – croyais-je – attablés devant leur bière, à la terrasse du dernier bar ouvert.

Le long du trajet, Martin me prit la main. Je le laissais faire. Sa main dans la mienne était douce. Il y avait si longtemps que je n'avais ainsi tenu un homme. Ma conscience me susurrait qu'il ne fallait pas, que j'allais passer pour une fille facile, mais c'était si bon cette main dans la mienne ! À plusieurs reprises, Martin tenta de m'embrasser. Chaque fois je détournai la tête et gentiment le repoussai. « Non, Martin, je ne veux pas ! » « Mais tout à l'heure ? » « Tout à l'heure, c'était une erreur. Restons amis. » Pelous me reprenait la main, seule privauté que je lui accordais. Jusqu'au seuil de mon immeuble. Que m'arriva-t-il ? Quel démon me fit accepter de le laisser monter ? Il m'avait demandé si je n'avais pas de quoi soulager ses violents maux de tête (dus sans doute à ses libations déraisonnables) ? Faut dire que le bougre, l'air penaud, m'avait proposé d'attendre dans la rue que je lui descende une aspirine et un verre d'eau. J'habitais au troisième étage. Il était plus commode qu'il vienne chez moi. Je croyais l'homme doux, j'étais en confiance. Et surtout... je n'imaginais pas que les quatre autres nous avaient suivis, que le salaud s'était entendu avec eux, avait laissé à mon insu la porte d'entrée de l'immeuble entrouverte.

À peine étions-nous dans l'appartement, alors que je lui tournai le dos, Pelous m'étreignit par-derrière et m'embrassa la nuque de force. Je lui ordonnai de cesser, mais ses bras firent comme un étau. Je cherchai à me dégager, le sommai de me lâcher, mais il se collait à moi, pesait de tout son poids pour me faire plier. Je perçus une bosse cogner au bas de mes reins. Pelous, sourd à mes protestations, de plus en plus excité, ne se dominait plus, m'enserrait de telle manière que je ne pouvais libérer un bras pour le gifler. Ainsi tenue, je commençais à paniquer, me mis à crier. C'est alors qu'ouvrant bruyamment ma porte, les autres déboulèrent.

J'allai les supplier de m'aider, de convaincre leur camarade de me lâcher, mais leurs sourires hilares m'en dissuadèrent. Je sus immédiatement que je n'avais aucune pitié à attendre d'eux ; ils étaient complices, avaient préparé leur coup – sinon pourquoi seraient-ils là ? Je hurlai lorsqu'ils s'approchèrent ; quelqu'un, un passant, un voisin dans l'immeuble m'entendrait ! Pelous plaqua sa main sur ma bouche, à m'étouffer, m'enfonça son genou dans les reins ; Claude Picpus prit un torchon dans la cuisine et me bâillonna. Et puis ils me soulevèrent, je tentai de me débattre, l'un d'eux me ceintura les jambes ; ils me transportèrent dans ma chambre, me jetèrent sur le lit ; Picpus m'administra deux claques quand j'essayai désespérément de me relever. J'étais à leur merci. Ils riaient ! Ils riaient ! Ils riaient !

Ils retirèrent leurs ceinturons, s'en servirent pour m'attacher aux montants du lit, bras et jambes écartelés ; déchirèrent mon corsage, mon soutien-gorge, soulevèrent ma jupe, arrachèrent ma culotte, appliquèrent leurs mains, leurs bouches sur moi ; muselée, je ne pouvais hurler ; entravée, je ne pouvais me dégager, ni lutter, ni résister ; éperdue, je pleurais d'impuissance, pleurais à chaudes larmes, secouais la tête dans tous les sens, devenais folle ! Des mains me palpaient ; des mains – comme des ventouses –, qui pétrissaient mes seins, mes hanches, mon ventre, mes cuisses ; se pressaient sur mon pubis, l'entrée de mon sexe ; furetaient, m'investissaient de leurs doigts ; et des bouches avides, qui couraient sur ma peau hérissée, mordaient le gras de mes bras, mes tétons, l'intérieur de mes cuisses, ma vulve ! Des milliers de mains, des milliers de langues !

Rochon, Lauzier, Dumas, visages cramoisis, yeux exorbités, ne se retinrent plus. Horrifiée, je les vis extirper leur sexe, commencer à se masturber sur moi pendant que Picpus me triturait la poitrine, me pinçait, me tirait le bout des seins, ahanant et m'insultant : « T'aimes ça salope ! *Vè* ! t'a envie de crier, mais tu peux pas, mais t'aimes ça, j'sais qu't'aimes ça ! T'es qu'une sacrée cochonne, une putasse de salope ! Ça se voit tout d'suite dans tes yeux qu't'aimes ça ! » Quant à Pelous, s'étant débraguetté, il me pénétra sans un mot en fixant mes larmes, avec un sourire de contentement sadique que je ne pourrai jamais oublier – le Démon en personne ! Très vite, il se soulagea. Alors, sous mes sanglots étouffés, les quatre autres, chacun à la suite, me souillèrent. Et puis...

... Mon Dieu ! Donnez-moi la force d'aller jusqu'au bout du récit de ce supplice, que je revis en écrivant ces lignes ! Cela ne peut être tu plus longtemps ! Lorsque l'un après l'autre ils eurent enfin joui, Rochon, en ricanant de ses dents noircies de nicotine, prit une bouteille de champagne vide qu'il avait ramenée, et m'en enfonça furieusement le goulot dans le vagin sous les rires bestiaux de la bande et leurs commentaires obscènes : « *Tè*, s'il t'en faut *maï** ! ». Et de le faire rentrer et ressortir, m'en pénétrant chaque fois plus violemment, pilonnant mon intimité. Je ne sais combien de temps dura ce martyre, car, anéantie, je finis par perdre connaissance.

Lorsque je repris conscience, j'étais seule, prostrée dans ma chambre et une intense brûlure à l'entrejambe me rappela à l'horrible réalité. Mes tortionnaires avaient quitté les lieux après avoir ôté mes liens. (Il avait bien fallu qu'ils récupèrent leurs ceinturons !) Mon sexe saignait, souillé de sperme ; mes seins étaient douloureux, couverts de bleus ; mes jambes, mes bras, tout mon corps me faisait mal. C'était comme si j'avais été rouée de coups. Le souvenir de l'atroce nuit qui remontait à ma mémoire me laissait percluse et humiliée. Jamais plus ma vie ne serait pareille, rien ne serait pareil ! J'étais maudite, salie, détruite. Je savais déjà que je ne pourrais revoir sans honte mon petit Paul,

---

* - maï : plus, encore.

son regard pur et ses yeux innocents. Rien ne serait plus comme avant, quelque chose s'était définitivement brisée dans la mère que j'étais. Et puis, n'allais-je pas tomber enceinte ?

L'idée d'aller porter plainte pour viol me traversa l'esprit. Mais j'eus immédiatement la vision du commissariat glauque et poussiéreux, du policier de faction dont je dérangerai à coup sûr la fin de garde. Je ne me sentais pas le courage de subir son regard soupçonneux. Et puis, il y aurait toutes ces questions dont on m'abreuverait. Un interrogatoire en règle qui ne manquerait pas. Savoir si je n'avais pas un peu provoqué la chose ? Est-ce qu'une honnête femme se balade le soir comme ça, toute seule, avec cinq gars rencontrés par hasard, qu'elle connaît à peine, jusqu'à tard dans la nuit ? Et pourquoi les avoir laissé rentrer chez elle, si ce n'était pour tenter le Diable ? J'aurais à affronter la suspicion, la mine dubitative de ceux qui m'interrogeraient, leur inquisition. Surtout, si les policiers étaient des hommes. De toute façon, il aurait fallu que je me traîne là-bas, à l'autre bout de la ville et je n'en avais absolument pas la force. Faire venir le SAMU, un docteur, pour constater mon état ? J'étais dans un état lamentable. Me présenter ainsi devant des inconnus ? Même médecins ? Je n'en avais pas le courage. Je me sentais coupable, coupable de mon viol ! Alors, désespérée, je rampai jusqu'à la douche et passai le restant de la nuit à tenter me laver de toute cette salissure sans cesser de pleurer. La matinée était déjà bien avancée quand je m'écroulai de sommeil.

Pendant plusieurs semaines je ne sortis plus de chez moi, me terrant au fond de mon lit. Je ne voulais ni voir ni parler à personne. Un vieux médecin de quartier diagnostiqua une dépression nécessitant un repos total et me prescrit des médicaments en conséquence. Je téléphonai à mes beaux parents et leur demandai de garder Paul jusqu'à nouvel ordre. Je m'enfonçai dans le malheur. À la fin des vacances scolaires, comme je ne répondais plus au téléphone et n'ayant aucune nouvelle, mes beaux-parents s'étaient inquiétés. Mon beau-père était descendu à Alès. Après qu'il eut longuement tambouriné à ma porte, je lui avais enfin ouvert, hagarde, prostrée et sous-alimentée. Mon état dépressif exigeait d'urgence une prise en charge. Je fus placée dans une maison médicalisée et mes beaux parents eurent la garde de Paul.

Et cela a duré jusqu'à aujourd'hui. Ma santé mentale, au lieu de s'améliorer, m'a interdit toute reprise normale d'activité. Je ne suis point folle ; je suis même très lucide quant à ma situation, mais sujette à un abattement total de la volonté. Je vis, comme on dit vulgairement, « à côté de mes pompes » ; ni désir, ni force, ni possibilité de me prendre en charge. Paul fut élevé sans moi. Jamais plus je ne pus m'en occuper et ne le vis qu'à de rares moments, aussi douloureux pour lui que pour moi. Mon fils a grandi, est devenu un homme. Désormais, je ne représente pour lui qu'un fantôme, une âme errante qu'il vient parfois visiter. Il n'a su jusqu'à aujourd'hui ce qui m'était arrivé, le pourquoi de mon état. Demain, peut-être, après ma mort. Depuis plusieurs mois, de violents maux de tête, oublis, malaises, ont justifié des examens. J'ai exigé la vérité. C'est le professeur xxx qui me l'a annoncée. Je suis atteinte d'une tumeur au cerveau, incurable.

Très bientôt je serai enfin libérée de moi-même. J'ai retrouvé la paix. Il est grand temps que je témoigne... d'où ces pages. »

Verdeilhan, blême, comme chaque fois qu'il la relisait, déposa délicatement la précieuse lettre sur la table. Le témoignage de sa mère – l'atroce vérité abrupte dont l'écrivain ne s'était point remis et ne pourrait jamais se remettre – le plongeait dans un état de sidération tel qu'il lui interdisait tout mouvement durant des heures. Il fallut la sonnerie têtue du téléphone pour que l'homme reprenne ses esprits. C'était Gaston Fontane... pour lui annoncer le décès de Léonie.

Chapitre XXIII

« Une belle matinée, vraiment une belle matinée ! » Fraîche pour la saison avec un vent fluet, mais baigné de soleil, une matinée « comme il n'en existe qu'en Cévennes », se disait mentalement Clovis. L'aube révélait mille détails, mille surprises à celui qui sait regarder. Des *vallats* noyés d'une brume qui les fait ressembler, du haut des crêtes, à des lacs de montagne profonds et mystérieux. Du bruissement des caducs inondés de leur verdure nouvelle, à l'intensité perpétuée des taillis et bartas. Des pépiements de centaines d'oiseaux qui s'ébrouent dans les branches en quête d'accouplements. De l'apparition, çà et là, de bouquets de violettes et de feuillées d'iris dardant leurs glaives-chlorophylles. Des rayons de soleil qui font étinceler les drailles, le schiste micacé des faïsses, le vieux crépi des mas et l'ocre bosselé de leurs tuiles romaines. Et puis, le tintement des clarines au cou des bêtes que l'on a libérées des étables et l'aboiement des chiens de troupeaux chargés de les garder, mêlés aux glouglous des sources dans les anciens lavoirs. Même les nids mousseux des chenilles processionnaires, telles des toiles d'araignées pendues aux aiguilles des pins. Et jusqu'aux tombes qui bombent leurs monticules d'herbes folles, comme si les défunts cherchaient à s'ébrouer de l'engourdissement hivernal. Tout, tout paraît fêter le regain des beaux jours !

Clovis était ravi, sa tournée s'avérait féconde. Depuis l'arrestation de Léonie et sa fin tragique, y avait plus de concurrence. Même que ce matin notre facteur apportait un colis de livres au Castel – il n'avait su s'interdire de palper l'emballage. Bien longtemps qu'il n'y était monté, que le maître des lieux ne lui avait proposé le p'tit coup de cartagène... « pour la route ! »

D'ailleurs, Paul Verdeilhan n'était pas réapparu depuis l'enterrement de sa maîtresse. Clovis *tréfoulait** de voir sa tête, tout émoustillé qu'il était ! C'est qu'il ferait moins le fiérot, l'*escrivaïré***, en rabattrait son caquet. Avoir eu une assassine comme nénette, ça la foutait mal, pas de quoi s'en féliciter. Après, pouvait toujours écrire, le Verdeilhan, des romans bourrés de cadavres, sûr que ça sentirait ! De là que les deux aient été de mèche. Les pandores auraient dû creuser, investiguer plus profond. C'est pas une femme toute seulette qui pouvait trucider cinq gus comme qui rigole. Elle avait eu un complice, forcément ! Et qui donc que ça pouvait être ? Son Jules, évidemment. Le Verdeilhan, quoi ! Les guignols avaient laissé pisser parce que « Mooosieur » était intouchable, « Mooosieur » était une notabilité, mais lui, Clovis, on lui ôterait pas de la tête que l'escrivaïre était coupable tout autant que la Léonie. Bélèou que c'était lui tout seul, comme un grand, qui les avait fait passer l'arme à gauche aux cinq malheureux ? Clovis s'arrêta sur le bas-côté, pensif autant que songeur : faudrait qu'il se méfie, rien montrer à l'autre de sa suspicion, car l'autre pourrait bien lui faire un sort. C'est qu'il y aurait du danger à être préposé des postes par les temps qui courent ! Jamais, de toute sa vie, notre Clovis ne s'était senti aussi aventurier.

La façade du Castel lui apparut, d'un vieux jaune qui fleurait bon son XVIIIe siècle rural, marquée d'un cadran solaire. Au centre, le porche, flanqué de deux aristocratiques pots d'Anduze vernissés, présentait une porte grise à double battant aux parements ornés de deux moulures circulaires. Clovis se fit la réflexion qu'elles ressemblaient à de mini couronnes mortuaires, ainsi qu'on peut en voir sculptées au portail de certains cimetières. Tout était si calme. Sous les pas du visiteur, le sable de la cour se tassait avec complaisance ; dans les vases d'Anduze, les hortensias bourgeonnaient timidement ; même le heurtoir se fit discret lorsque le facteur l'actionna. Comme le maître de céans tardait à se manifester, Clovis cogna à nouveau le butoir. Le son résonna à vide dans l'entrée. Aucune réponse. Notre homme

---

* - Tréfouler : trépigner, trembler d'impatience.
** - Escrivaïré : écrivain.

longea la façade. Les fenêtres du rez-de-chaussée semblaient barricadées. S'il n'avait aperçu la voiture du propriétaire garée sous l'appentis, le facteur eût pu penser que ce dernier s'était absenté. Peut-être vaquait-il aux alentours, dans les châtaigneraies ou les rouvres ? Le visiteur repéra enfin une des fenêtres dont les volets étaient légèrement entrouverts. Serait-il incorrect qu'il risquât un œil ? Après tout, c'était pour la bonne cause, courrier oblige ! Clovis écarta légèrement un des vantaux.

Le temps qu'il se soit acclimaté à la pénombre, le regard de l'indiscret plongea dans une vaste pièce dont les parois paraissaient couvertes de rayonnages. La bibliothèque, sans doute. Un rai de soleil fureteur qui venait d'y pénétrer avec l'entrebâillement du volet dorait le cuir des reliures d'une légère moire. Des feux follets frisottaient et sautillaient entre les rangées de livres. Au fond, à gauche, dans un coin plus sombre, Clovis peina à distinguer une table de travail chargée comme un navire en partance. L'ombre courbée qui s'y appesantissait était celle d'un homme, d'un homme immobile qui semblait sommeiller : Verdeilhan ! Clovis tapota à la vitre pour lui signifier sa présence. La silhouette ne réagit pas. Clovis insista. Rien ne frémit au fond de la salle. Le facteur fut perplexe, ne savait que faire. Le propriétaire était bien là, il avait un colis recommandé à lui délivrer. Il fallait insister, il insista, tapa hardiment au carreau. La silhouette semblait statufiée. Comment pouvait-on dormir d'un sommeil si lourd ? Notre visiteur finit par s'inquiéter. Clovis revint à la porte d'entrée, en tourna la poignée ; le vantail céda sous la poussée.

Dans le couloir d'entrée, le facteur crut devoir héler l'hôte des lieux : « Monsieur Verdeilhan, c'est Clovis, le facteur, j'ai un recommandé pour vous, je me suis permis... » Silence, très profond silence. Empli d'appréhension, notre homme se décida toutefois à pénétrer dans la demeure – aussi muette que le château de la belle au bois dormant –, en traversa la cuisine, puis le séjour, jusqu'à la bibliothèque. Ses pas qui résonnaient n'alertèrent nullement le propriétaire toujours prostré au fond de la salle. Clovis s'approcha de Verdeilhan sans que celui-ci eût manifesté le moindre mouvement. Lourdement adossé à un fauteuil Voltaire (style que notre facteur eut été incapable de désigner), l'écrivain avait la tête pendante, le menton sur la poitrine... livide, yeux et bouche grand ouverts. À cette vision, Clovis eut un sursaut de recul, stupéfait autant qu'effrayé. Manifestement, l'homme était mort ! La manche de son avant-bras gauche relevée révélait des gouttes de sang séché au pli du coude. Quant à la main droite appuyée sur la table, elle tenait, crispée, une seringue avec laquelle Verdeilhan s'était fait assurément une intraveineuse. Sans demander son reste, le facteur décampa en abandonnant son colis et surtout... sans avoir pris le temps de jeter un œil sur la longue lettre manuscrite dont les feuillets épars s'étalaient sur le bureau.

Comme à son habitude, Bertrande était allée se recueillir dans le coin profond et isolé où Pierre avait été retrouvé mort, il y a des années, après une tragique partie de chasse. Le bancel et son petit temple secret, à l'écart du Mas des Combes, lui avaient été interdits durant quelques semaines, le temps nécessaire aux enquêteurs pour leurs investigations et les relevés de police scientifique. Devait-elle en remercier le Bon Dieu ? Mais l'endroit avait été préservé des perquisitions, son petit autel était intact. Durant toutes ces journées, elle avait craint qu'il en fût autrement, que la flicaille y ait mis ses sales pattes, ait tout saccagé, tout pollué. Ouf ! Il n'en était rien, et cette constatation l'avait emplie de contentement. C'est en revenant sur ses pas qu'elle le vit de dos.

Seul ! Seul comme jamais. Cela avait commencé lors des obsèques. Lorsqu'il suivait hébété le corbillard, sans bien comprendre. Les autres, cette foule, les regards anonymes et hostiles qui le dévisageaient, scrutaient sa peine, grattaient où ça fait mal. Il n'avait rien voulu montrer, mais comme il les haïssait tous ces braves gens ! Jusqu'alors, Didier avait cru bien connaître la solitude. Mais, depuis la disparition de Léonie il se rendait compte que ce n'avait été que de l'isolement, de l'isolement de sa part. Retranché des autres, ne signifiait pas être seul, car il y avait toujours sa mère – fut-elle souvent absente –, la pensée qu'il avait de sa mère, l'assurance qu'il avait UNE mère, le rattachait à quelque chose de très fort. Or, depuis qu'elle était morte, que cette certitude s'imposait chaque jour un peu plus à lui, s'enfonçait en son âme, confusément – car il était bien incapable d'analyser son ressenti – Didier percevait un manque douloureux qui le taraudait. L'image de Léonie disparue s'inscrivait en creux dans la conscience du fils. C'était peut-être ça ce qu'on appelait l'amour ? Le pauvre garçon, certes, l'ignorait, mais il devait faire le deuil et ce deuil le dépassait. Que la tendresse ne se fut jamais réellement exprimée entre ces deux êtres, rendait la chose plus douloureuse et plus ardue. Assis sur un rocher au bord du sentier, la tête entre les mains, le regard vague, Didier tournait et retournait dans son esprit des pensées qu'il n'arrivait à formuler. Il enviait les sangliers et leurs hardes, jalousait les renards dans leurs terriers, les oiseaux et leurs nids, même les petites pousses, les regains, les gourmands au pied des arbres. La nature entière le provoquait, s'escrimait à lui désigner sa solitude ! C'est dans cette posture que la vieille dame le découvrit.

Bertrande s'approcha par derrière, en silence ; elle craignait d'effrayer le garçon, sachant la réputation de sorcière dont on l'avait affublée. Mais, en écrasant par mégarde un tas de brindilles qu'elle fit craquer, elle alerta l'attention du jeune homme. Prestement ce dernier se retourna et sursauta. La vieille dame, qui n'avait plus jamais souri depuis la mort de son fils et avait presque oublié comment c'était, lui dédia son plus doux sourire. Ce sourire lui était venu spontanément, naturellement, sans effort, sans autre désir que d'en faire don. Didier, interloqué, découvrait pour la première fois ce sourire, un si doux sourire ! Jamais il n'avait vu sourire la vieille, l'en avait cru bien incapable. Immédiatement, cela le mit en confiance.

– B'jour, M'dame

– Tu viens souvent ici ?

– *Bè*, ça dépend, surtout quand je sais pas où aller...

– C'est un endroit tristounet... bien isolé pour un jeune de ton âge

– J'ai l'habitude, suis toujours seul.

– Tu n'as pas de copains ? De copines ?

– Non ! Les autres m'aiment pas, j'aime pas les autres.

– Je te connais, t'es le garçon à Léonie.

– ...

– Tu sais, j'ai eu un fils comme toi. Tu as à peu près l'âge qu'il avait lorsqu'il est mort. Depuis, moi aussi je suis seule... et... moi aussi j'aime pas beaucoup les autres.

– Juré, que c'est pas ma faute si la mère était une criminelle !

– Non, c'est pas ta faute et, *bélèou**, ta mère n'était peut-être pas une criminelle.

– Ah ? Vous croyez ?

– Les gendarmes ont vite *bésougné***, leur fallait un coupable.

– Ah, ouais ? Mais les autres, ils le croient, eux !

– Laisse les croire. Toi, tu l'aimais ta maman, faut pas en avoir honte.

– ... (Didier renifla)

– Elle te manque... je comprends... je vois... je sais qu'elle te manque... c'est normal !

Le jeune homme émit un borborygme puis hoqueta... Malgré ses douleurs d'arthrite, Bertrande s'assit à côté du garçon en l'entourant de ses bras. Alors, la tête contre l'épaule de la vieille dame, Didier éclata en sanglots.

---

* - Bélèou : peut-être.
** - Vite bésougné : aller vite en besogne.

sepec numérique
Impression & brochage - France
Numéro d'impression : N13464150527 - Achevé d'imprimer : Mai 2016
IMPRIM'VERT®

Dépôt légal : juin 2016
N° d'éditeur : 979-10-92826